講談社文庫

かなりあ堂迷鳥草子3

夏塒

和久井清水

JN018655

講談社

目次

主な登場人物

❖お遥《はる》
「かなりあ堂」の看板娘。齢十七。血のつながりのない兄を何かと手助けしている。大名家の娘という自身の出生の秘密を知った。

❖徳造《とくぞう》
お遥の兄。実直な性格で飼鳥屋「かなりあ堂」を妹と二人で営む。皆殺しとされた呉服屋三松屋の生き残り。

❖お種《たね》
八百屋を一人で切り盛りしている。豆腐屋のおかみと共に乳飲み子だったお遥を育てた。

❖八田伊織《はったいおり》
鳥見組頭・八田宗右衛門の嫡男。鳥見役として御鷹場の御用をしている。「かなりあ堂」に出入りする。

❖お佐都《さと》
大名平岡家の女中。鳥好きのお方様のため鳥の世話に明け暮れている。「かなりあ堂」に出入りする。

❖播磨屋《はりまや》の御隠居
「かなりあ堂」の上客。小間物屋を営む。娘のお滋《しげ》が女たらしの銀次郎と駆け落ちしてしまう。

かなりあ堂迷鳥草子《どうめいちょうぞうし》3

夏塒《なつねぐら》

第一話　夏塒《なつねぐら》

「兄さん、はやくはやく」

お遥《はる》は店の外から兄の徳造《とくぞう》を急《せ》かした。裏口の戸締まりを確かめに行った徳造がなかなか戻ってこないので、ついにしびれを切らしてしまったのだ。

徳造とお遥が営む飼鳥屋《かいとりや》のかなりあ堂は、平川天満宮《ひらかわてんまんぐう》と一町も離れていないところにある。二人はこれからそこへ雀合戦《すずめがっせん》を見に行こうとしていた。

この時期、今年生まれた若い雀が、一本の木を塒《ねぐら》に定めて集まることがある。それが夏塒だ。

夕暮れが近づくと、雀はどこからともなく次々と集まってくる。日が落ちて眠りに入るまでの半刻《はんとき》（約一時間）ほどの間に激しく鳴き合うさまを雀合戦と呼んで、江戸の人々は見物に行くのである。

毎年、どこの木に集まるかは、ほぼ決まっている。だが今年はめったにないことに、すぐ近くの平川天満宮に集まっていると聞いたので徳造と二人、ぜひ見てみたいものだと話し合っていた。

ところが昨日もおとといも、店を早じまいしようとすると客が来て、見に行けなかった。

今日こそはと客足が途切れたところで、急いで揚縁《あげえん》を仕舞《しま》い、表戸を閉めたところまではよかったのだが、徳造が裏口を閉めていない気がすると言いだし、また店の中に戻ってしまった。

万事につけて動きが緩慢《かんまん》な徳造が、大きな体を揺すりながらようやく戻ってきた。

「ごめんよ。カナリアの水がこぼれていたもんで足していたんだ。ついでに敷《し》き藁《わら》も取り替えて、それから餌《えさ》ももう少し入れとこうと思ってね」

「私は、いいんだけど兄さんが楽しみにしていたでしょう？　日が暮れると雀合戦が終わっちゃうと思って」

「そうだね。明るいうちに行かなくちゃね」

どこへ行きたいとか、なにをしたいとかほとんど言うことのない徳造が、珍しく雀合戦を見たいと言ったのだ。お遥もぜひとも徳造と一緒に見物に行きたい、という気分になっていた。

徳造と連れだって表通りを平川天満宮に向かう。鳥居をくぐり、梅《うめ》の木の間を縫《ぬ》って右手のほうへ行くと太子堂《たいしどう》がある。その横の銀杏《いちょう》の大木のまわりに、人が集まって木を見上げていた。

雀も集まり始めているようで、すでに鳴き声が聞こえている。

お遥は銀杏の木を見上げ雀の姿を探した。声の感じでは数十羽はいそうだが、ほんの数羽が木の葉の陰からたまに見えるだけだった。

『栗太郎《くりたろう》の子供もいるかしら』

栗太郎は去年からずっと餌をやり続けていた雀だ。いっとき来なかったので心配したが、その間に産卵し、雛《ひな》を育てていたことがわかった。雄《おす》だと思っていた栗太郎が雌《めす》だったのは驚きだった。

子育てが終わって以前のように頻繁に来ることがなくなった。きっといい餌場を見つけたのだろうと思っている。

「すごい数だね。これからまだまだ増えるんだろうね」

徳造は興奮して目を輝かしている。

「どうしてこんなに、みんなで鳴き合っているのかしら」

「そうだよね。こうやって一つの場所に集まる訳もわからないよね」

親離れをしたばかりの雀なので、大勢でいるほうが敵に襲われた時に逃げやすいからではないかと言う人もいる。

だがお遥は、寂《さび》しいからではないかと思う。だから大勢で集まって、ひとしきりお喋《しゃべ》りをしてから眠るのだ。

「いや、こんなもんじゃねえよ」

横にいる職人風の男が、隣の老人に自慢そうに言った。

「もっとすげえんだ。とにかく雀がピーチクパーチクってよ、頭の中がわんわんするんだ」

「わんわん?」

老人は歯のない口を開けて笑った。

お遥もつられて笑った。

雀は男の大きな声に驚くこともなく、途切れずに鳴き続けている。

幼子を抱いた母親、仲のよさそうな夫婦者、二本差しの侍に商売帰りの青菜売り。老若男女が、どの人も期待を込めてこれから始まる雀合戦を心待ちにしていた。

お遥はふと、そんな人々の間を縫って歩き回る男の子に目を留めた。頭を短く刈り上げているが寺の小坊主には見えない。着物もありふれた縞木綿《しまもめん》だ。不審に思ったのは、その子供が雀のいる銀杏には目もくれず、なにかを探し回っているような素振りをしていたからだ。初めは母親でも探しているのかと思った。だがそうではないようだ。

さらに見ていると、子供は一人の年増《としま》の女に近づいていった。あたりを警戒しているようすが怪《あや》しい。

「兄さん。あの子、変だわ」

お遥は徳造の腕をつついた。

「ほんとだ。なにか悪いことをしようと……」

徳造が言い終わらないうちに、子供は女が持っていた巾着《きんちゃく》をひったくった。

その拍子に女は倒れ、「きゃ」と悲鳴を上げる。

「兄さん、その人をお願い」

お遥は子供のあとを追った。

なかなかすばしっこい子供で、あっという間に通りの向こう側に行ってしまったが、お遥も足には自信があった。子供には負けないはずだ。

子供は大通りを横切り、麴町《こうじまち》三丁目の横丁《よこちょう》通《どおり》を駆けていく。ほどなくして横道へと姿を消した。

お遥もその細い通りへと足を踏み入れた。武家屋敷に囲まれて、薄暗く物寂しい長屋が並ぶ一画がある。子供はこの長屋の住人に違いない。

木戸《きど》をくぐって井戸端《いどばた》を過ぎると、三軒目のあたりの家の前に女の子がしゃがんでいた。銀杏崩《くず》しの髪、紺絣《こんがすり》の着物に赤い三尺の帯を締めている。他にはだれもおらず、妙に人気《ひとけ》がなくうら寂しい長屋だった。

女の子は棒きれで地面になにかを書いている。

「こっちに男の子が来なかった？　坊主頭で、このくらいの背丈の」

お遥は自分の胸の下あたりを指して言った。

女の子は、上目でお遥をちらりと見て首を横に振った。

ここの木戸から入ったとしか思えないのだが、勘違いだったのか。

別の木戸から入り、そこの住人に訊《たず》ねてみたが、お遥が言うような子供は住んでいないという返事だった。子供はまるで神隠しにあったかのように消えてしまった。

お遥は首をひねりながら家に帰った。

徳造はまだ戻っていなかった。

巾着をひったくられた女人《にょにん》の介抱でもしているのかもしれない。

外はすっかり暗くなり、徳造になにかあったのだろうかと心配になった頃、ようやく帰ってきた。

「お遥、ごめんよ。心配しただろう？」

「うん。ちょっと心配した。なにかあったの？」

「いや、なにかあったわけじゃないんだ。ただ、あの女の人が巾着を引ったくられた拍子に転んで、足をひねったらしいんだ。それであたしが家まで送っていったんだよ」

「そうだったの。それはいいことをしたわね」

「いやあ、たいしたことじゃないんだけど、お早代《さよ》さんがお礼にご馳走するなんて言うんだよ」

「お早代さんっていうの？　その人」

「うん、お祖父《じい》さんと二人暮らしでね。お城勤めのお武家様なんだけど、今はお体を悪くしてお勤めを休んでいるのだそうだ。そのお祖父さんと二人で、あたしを引き留めるもんだから……」

「ご馳走になってきたの？」

「とんでもない」

徳造は大げさなくらいに頭《かぶり》を振った。

「この程度のことで、ご馳走になるなんて厚かましいことはできないよ」

断るのにずいぶん苦労したらしい。徳造らしくて笑ってしまった。

「とってもつましい暮らしぶりでね」

ものは言いようだが、働き手の祖父が病気とあれば暮らしにゆとりがないのは当然と言えば当然だ。

「盗まれた巾着の中にはお祖父さんの薬が入っていたそうだ。とても困っていたよ。今月は薬なしでも大丈夫だ、なんてお祖父さんは強がりを言っていたけどね」

そして徳造は、そこでふふふと笑った。

「どうしたの？」

お遥は不思議に思って訊《き》いた。

「それがね。お祖父さんはオウムを飼っているんだ。そのオウムがお祖父さんそっくりの声で、『ダイジョウブジャ』って真似《まね》をするんだ。こうやって少し胸を張ってね、『ダイジョウブジャ』って」

徳造はオウムの真似をして胸を張ってみせる。お遥は思わず笑ってしまった。

「亡くなった息子さんが可愛がっていたオウムだそうだ」

徳造はその祖父と娘に好感を持ったようだ。もっとも鳥好きの人にはいつもそうなのだが。

「ところでお遥、泥棒は捕まえたのかい？　すごい勢いで走っていったけど」

「それが、見失っちゃったの」

「へええ、お遥よりも足が速かったってことか」

「そんなことない。もう少しで追いつくとこだったのに消えちゃったのよ」

「お遥は負けず嫌いだねえ」

徳造が目を細めて微笑《ほほえ》む。お遥はばつが悪くて赤くなった。

お遥はかなりあ堂の屋根の上で空を見上げた。まぶしいほど青い夏空がどこまでも広がっていた。

この屋根に上って、自分は捨て子なのだとしょげた日もあった。徳造と実の兄妹《きょうだい》であることを疑ったこともなかったので、血のつながりがないことを知ったのは衝撃だった。

だがそんなことは、今となっては些細《ささい》なことと言える。

お遥の親は小木藩《おぎはん》の藩主だった。驚いたことに、藩主自らが抜け荷《ぬけに》を主導していたという。江戸で買い集めた刀剣を、密《ひそ》かに和蘭陀船《おらんだせん》や唐船《とうせん》に売るという禁を犯した上に、お上に密告しようとした者を殺害し、あろうことか藩主に協力した国家老《くにがろう》にすべての罪をなすりつけた。

これを知った国家老の父親が、命を賭《と》して藩主とその妻子に復讐《ふくしゅう》したのだった。だが、お遥だけは命拾いをした。

たくさんの人がお遥の命を助けるために力を貸してくれた。そのために多くの人が死んだ。徳造の両親と、店の奉公人たちもみんな殺されてしまった。

徳造はその事実を知っても変わらずに優しい。

赤ん坊の頃から親代わりとなってお遥の面倒を見てくれた、八百屋《やおや》のお種《たね》や豆腐屋のおかみさんも、お遥のせいではないのだから気に病むことはないと励ましてくれる。

『私が生きていることにどんな意味があるのだろう』

答えの出るはずのない問いを日に何度も繰り返す。

青空が目にしみて涙がにじんできた。それを振り払うように、両手を挙げて伸びをする。

見ればこちらに向かって駕籠《かご》がやって来る。あれは平岡《ひらおか》様の御屋敷からお遥を迎えにきた駕籠だ。

ひょんなことから平岡様の御側室《ごそくしつ》、お万《まん》の方様と、珍しい鳥の遊ぶ花鳥庭園《かちょうていえん》を造る相談をしている。

辛いことのあったお方様をお慰めするのが目的だが、お方様の笑顔にお遥自身が励まされていた。

屋根から下りて店の土間に行くと、徳造は雑居籠《ざつきよかご》の中から一羽のカナリアを取り出しているところだった。

「それ、どうしたの？」

「ああ、これね」

徳造は小さな竹籠に移して扉を閉めた。カナリアは止まり木に止まり、こちらに向かって小首をかしげた。胸が鮮やかな黄色をしているこの鳥は、最近仕入れた若鳥《わかどり》だ。

「どうも他の鳥に負けてしまうようで、体が大きくならないんだよ」

お遥は雑居籠の、一緒にここにやって来たカナリアと見比べた。そう言われればこの鳥は若干体が小さいかもしれない。どことなく弱々しい感じもする。

「私、ぜんぜん気が付かなかった」

「あたしも気が付かなかったんだよ。だけどいじめられているのを見たもんでね」

徳造は、「かわいそうにね」とカナリアに言葉を掛けた。そういう優しさが徳造らしくて、お遥はふっと笑みを洩らした。

駕籠がかなりあ堂の前に到着した。

お遥が前掛けを取り、乗り込もうとすると徳造が引き留めた。

「この間買った簪《かんざし》をしてお行き」

「えっ、もったいないわよ」

「御屋敷に行く時のために買ったんだ。してお行きよ」

徳造が買ってくれたのは銀のびらびら簪だ。髪に挿《さ》して歩くと小さなびらびらがしゃらしゃらと音を立てる。突然買ってきたので驚いていた。正月か祭りの日にと思って大切に仕舞っておいたのだが、御屋敷に行く日のためだったとは。

お遥は素直に簪を付け替え、駕籠に乗り込んだ。よく見る四つ手駕籠ではなく切棒《きりぼう》駕籠で、大商人や医者が乗る、引き戸付きの立派な駕籠だ。

「行ってきます」

小窓から徳造に手を振った。徳造も「行っておいで」と手を振った。

駕籠は抜群の乗り心地だった。ほとんど揺れず、座布団もふかふかとあっては、つい居眠りも出そうになる。

平岡様の御屋敷から最初に迎えが来た時は、黒漆《くろうるし》塗りに金蒔絵《きんまきえ》の女乗物がやってきた。町内から見物の人が集まってきて、お遥も徳造も身が縮《ちぢ》む思いをしたのだった。

お遥は、歩いて行きますので迎えは結構です、と何度も断ったのだが、どうしても迎えの駕籠をよこすと言う。それで仕方なく、お方様のあの立派な乗物だけは勘弁してくださいとお願いしたのだ。

お遥がたびたび切棒駕籠で出掛けて行くので、お種は「なんだかお遥ちゃんが遠いとこに行っちまうみたいだよ」などと言うのだった。

平岡様の御屋敷では、いつもお佐都《さと》が出迎えてくれる。お佐都はお方様付きの女中だが、おもな仕事はお方様の鳥の世話だった。

「お方様がお待ちですよ」

御居間へ通されると、お方様はすでに絵図面を開いて眺めていた。

「お遥、花鳥庭園の場所だが、やはり黄金池《こがねいけ》ではどうじゃ」

挨拶《あいさつ》もそこそこに、お遥は絵図面をのぞき込んだ。

黄金池は南北に一町ほどある細長い大きな池だ。いびつな瓢簞形《ひょうたんがた》をしており、大小の中島には橋がかかっている。

これまでの話では、お方様の御居間の近くに池を作り、孔雀《くじゃく》のための小屋を作るというものだった。孔雀は昼間は池と、柵で囲った五間《けん》(約九メートル)四方ほどの場所で遊ばせる。孔雀が空を飛ぶ花鳥庭園とはほど遠いが、こんなものだろうと思っていた。

だがあの大きな黄金池を鳥の庭園とするなら、どれほどの規模になるのか想像がつかない。

「黄金池なら東門にも近いから、お遥の言うように江戸の町民がだれでも見に来られよう」

お遥が一度だけ言ったことを、お方様が覚えていたことが嬉しかった。東門から黄金池まで通路を作り番人を置く。いや、通路の両側にも鳥や珍しい生き物や花を置いて……。

想像がどこまでも広がりそうになって、お遥は思いとどまった。

お方様は御世継《およつ》ぎの御生母《ごせいぼ》だ。多少のわがままは許されるだろう。しかし黄金池を花鳥庭園にしてしまうというのは、わがままの範疇《はんちゅう》を超えている。御当主である平岡様にお伺いをたてなければならないと思うのだが。

やんわりとそう申し上げるが、お方様は孔雀はさぞかし美しいであろうな、などと夢見るような目で言うばかりで、一向に話は進まなかった。

だがお遥はそれでいいと思っていた。花鳥庭園が完成したあとの想像をするだけで、お方様は心躍《こころおど》らせ元気になるのだ。病的に青白かった頬は桜色《さくらいろ》になり、まぶたの腫れがなくなって目が大きく見えるので、表情は生き生きしている。会うたびに元気になっていくお方様を見るのは、お遥にとっても心の慰めだった。

お方様の夢物語に相づちを打ちながら、お遥は平岡家の広い庭園を思い浮かべた。

平岡家の御内証《ごないしょう》がどんなものか知らないが、肥前《ひぜん》の小藩としてはあの庭園は少々贅《ぜい》沢《たく》にすぎるものではないだろうか。

お遥はこの平岡家の前の当主の娘だった。父の平岡駿河守道正《するがのかみみちまさ》が国家老の父親の手によって殺されたあと、平岡家の当主は道正の弟、甲斐守道教《かいのかみみちのり》様となった。お方様は道教様の御側室である。偶然とはいえ不思議な縁に、お遥は驚くばかりだった。

一刻（約二時間）あまりあれやこれやと、ほとんど実りのない話をしたところで、書見《しょけん》の時間だとお女中が呼びに来た。

お方様はわずかに残念そうな顔をした。

「それではな、お遥。この続きはまたの日に。楽しみじゃな」

「はい。私も楽しみでございます」

お遥は御居間から下がって梅吉《うめきち》のもとへ向かった。

梅吉はお方様が一番可愛がっていた白オウムだ。最初に飼った鳥でもある。だが今は梅吉をそばに置くことはない。

梅吉は台所近くの中庭に、大きな鳥籠を作ってもらって暮らしている。女中たちが常に行き来する場所なので、寂しくはないはずだが、やはりお方様が恋しいのか元気がないという。

「梅吉、今日はおまえの好きな豆を持ってきたよ」

籠の中の餌入れに入れてやると、大きく羽ばたきをした。

「オハルー、オハルチャン」

いくらお喋りが得意で利口でも、なぜお方様から疎《うと》まれるのか、梅吉にはわからないだろう。

豆を食べ終えて一息つくと、梅吉はふたたびお喋りを始めた。

「タケマルサマ。タケマルサマ。タケマルサマー」

得意げに首を振りながら喋る姿は可愛らしいのだが。

気が付くと後ろにお佐都が立っていた。信吾《しんご》も一緒だった。信吾はひょんなことから、このお佐都の下で鳥の世話をすることになった子供だ。信吾になついていた鳥はいなくなってしまったが、鳥好きのお方様が引き続き雇ってくださることになったのだ。賢くて素直な性格なので、お方様も気に入っているという。

「お方様のところへ行くと、とにかく竹丸様《たけまる》、竹丸様って言い続けるのよ」

お佐都は眉を寄せ困り顔だ。

竹丸様は去年、お方様がお生みになったお子様だ。平岡家にはまだ跡継ぎがいないので、御正室のところで養育されることになっていた。それは一年前から決まっていたことなのだが、つい先日、竹丸様が御正室の住む上屋敷に行ってしまった。それでお方様は気鬱《きうつ》の病を患《わずら》っていたのだった。

お方様と竹丸様が一緒にいた頃、梅吉もいつもそばにいて可愛がられていた。まわりのお女中が、「竹丸様、竹丸様」と呼ぶのを、梅吉が真似ると注目を浴び、みんなが喜んでくれた。

だが、竹丸様がいなくなった今、梅吉のお喋りはお方様にとって辛いことこの上ないのだった。

「お方様もお辛いでしょうけれど、梅吉も可哀想で……」

「まだ毛引きも治まらないですね」

毛引きは寂しさから自分の羽を抜いてしまうことである。お方様に会えなくなり、梅吉は混乱しているのだろう。

「まずは梅吉に新しい言葉を教えて、竹丸様を忘れさせることですね」

お遥の言葉に、お佐都はいよいよ深くため息をついた。

「新しい言葉は覚えるのです。この信吾が毎日一生懸命に覚えさせているのです。ねえ、信吾」

「はい。梅吉は頭がいいので、すぐに覚えます。そしてなかなか忘れないんです」

「いろいろ覚えても『タケマルサマー』は忘れないのよね」

お佐都と信吾はうなずき合う。

「根気よく新しい言葉を教えるしかないのでしょうね」

お佐都が長いため息をついた。


お遥は再び切棒駕籠で、一路《いちろ》かなりあ堂へと向かっていた。小窓の簾《すだれ》を上げ、何気なく外を見ていた。すると見覚えのある子供が走ってきた。後ろを振り向き振り向き、だれも追ってこないのを確かめるような仕草だ。小さな風呂敷包みを胸に抱えている。その風呂敷は江戸紫の縮緬《ちりめん》だった。

子供は間違いなく、雀合戦の見物の時に巾着を引ったくった男の子だ。その時のことがあるので、持っている風呂敷もだれかから盗んだもののように思えた。

後ろからはだれも追ってこないと確信したのか、ほっとしたような顔で歩いている。

「ここで下ろしてください」

お遥は小窓から頭を出して駕籠かきに言った。

「え？　ここでですかい？」

駕籠かきの男は首だけ回して答えた。

「はい。知り合いを見つけたので」

それならばと足を止め、お遥を降ろした。

お遥は男の子のあとを気付かれないよう、少し離れてついて行く。

子供は表六番町通《おもてろくばんちょうどおり》を右に折れ、法眼坂《ほうげんざか》を上っていく。

その先には、前に男の子の姿を見失った長屋がある。

案の定《あんじょう》、男の子は長屋の木戸の向こうに姿を消した。

お遥は井戸端で芋《いも》を洗っているおかみさんに、今帰って来た男の子の家はどこかと訊ねた。

「今？　だれも来やしないよ」

おかみさんは忙しく手を動かしながら、顔を上げてちらりとお遥を見た。赤ら顔の大柄な女だった。

「でも、ここに入るのを見たんです。頭を短く刈った男の子です」

「だからそんな子供、ここにはいないよ」

ひどくつっけんどんで、もうなにも言えなくなってしまった。

未練がましく後ろを振り向き振り向き帰ろうとした。その時、井戸端にいたおかみさんが、洗った芋を笊《ざる》に載せ立ち上がった。と同時に妙な叫び声を上げ、芋をまき散らし倒れてしまった。

「大丈夫ですか？」

お遥は駆け寄って抱き起こそうとした。しかし「痛い痛い痛い……」と叫び、お遥の手を振り払う。どこをどうしてやればいいのか皆目《かいもく》見当がつかず、お遥はそばに立ったまま狼狽《うろた》えていた。

すると三軒目の家から女の子が出てきて駆け寄って来た。前にここに来た時に話をした女の子だ。

「おばさん、私につかまって」

女の子は慣れたようすでおかみさんの手を取って立たせた。

「ああ、おトキちゃん。ありがとうよ」

おトキと呼ばれた娘は、おかみさんを家に連れて行き布団に寝かせる。

「東庵《とうあん》先生呼んでくる？」

「いや、いいよ。膏薬《こうやく》だけもらってきてくれないかね」

「うん」

おトキは勢いよく駆けだしていった。

お遥はその後ろ姿を少しの間、首をかしげて見ていた。だが、すぐに井戸端に戻り、芋を拾い集め洗っておかみさんの台所へ運んだ。

「お芋、ここに置きますね」

「すまないね。腰がさ、しょっちゅうなんだよ。急に痛くなるんだ」

おかみさんは顔をしかめて腰をさすっている。

お遥は枕の位置を直してやったり、水を持って来て飲ませたりした。

「あんた、親切だね。あんたの親切に甘えて悪いんだが、頼みたいことがあるんだよ」

自分はお勝《かつ》で、飛脚《ひきやく》の亭主は明日まで帰らない。亭主がいれば頼むのだが、お遥に芋を煮てくれないかと言うのだった。十《とお》になる息子の朝吉《あさきち》が醬油《しようゆ》屋で奉公しているのだが、今日は芋を持っていくはずだったという。

「あの店のおかみさんがいい人でね。朝吉が寝小便をしてしまった時があったんだけど、叱られなかったらしいんだよ。ありがたいことだよね。それで今月の晦日《みそか》に芋を届けるよ、って朝吉と約束したんだ。おかみさんや朋輩《ほうばい》にも食べてもらおうと思って、あたしの実家からわざわざ届けてもらったんだ。あの子は芋が好きでねえ。待っていると思うんだよ」

お勝は、「この通り動けなくなっちまって」と眉根《まゆね》を寄せた。

醤油屋はお堀の向こうの田町《たまち》二丁目だという。

「お安い御用ですよ」

田町二丁目ならここからそんなに遠くない。自分は平川町《ひらかわちょう》の飼鳥屋、遥と名乗ると襷《たすき》と前掛けを借りて、さっそく芋の皮をむき始めた。

おトキが膏薬を貰って戻ってきた。着物をめくってお勝の腰にかいがいしく膏薬を貼ってやっている。

その横顔を見て、お遥は「やっぱり」と一人得心した。あのひったくりの男の子と、顔がそっくりなのだ。背格好も似ているから、多分双子なのではないだろうか。兄妹なので、かばっているに違いない。そしてお勝はいつもおトキに世話になっているので、やはりかばっているのだ。

「あのね、代わろうか？」

おトキがそばに来て、お遥を見上げていた。

「芋の皮むき。あたし上手だよ。たぶん姉ちゃんより」

お勝がぷっと吹き出すのが聞こえた。それと同時に、「あ、イタタ」とうめいている。

「おトキちゃん、その人はお遥ちゃんっていうんだよ。芋はおトキちゃんにまかせて、すまないけどお遥ちゃんは米をといでくれないかい。芋とご飯があれば、亭主が帰ってくるまでひもじい思いをしなくてすむからね」

おトキが笑いをこらえながら芋の皮をむき始めた。たしかにお遥よりはるかに上手《うま》い。

お遥は唇《くちびる》を尖《とが》らせ、ちょっと拗《す》ねた。それでも釜《かま》に米を入れて井戸端に向かった。

米をとぎ終わって立ち上がると、ちょうど仕事帰りの下駄売りが大きな荷物を担いでやって来るところだった。

どこの裏店《うらだな》でも、始終《しじゅう》人が行き来してざわついているものだが、どういうわけかこの長屋は人気がなくひっそりとしている。この下駄屋を逃したら、次にいつ長屋の住人に会えるかわからない。お遥は釜を抱えて下駄屋に駆け寄った。

見知らぬ女が走り寄ってくるので、下駄屋は顔をこわばらせて警戒している。

「あの、私、怪しい者じゃありません。お勝さんのところへ来ている者です。ちょっと伺いますけど……」

お遥がそう言っても、下駄屋はうさんくさそうにお遥を見ていた。

「おトキちゃんには兄弟がいますよね。坊主頭でおトキちゃんくらいの背丈の」

「知らねえよ」

下駄屋は素《そ》っ気《け》なく答え、お遥を押しのけるようにして通り過ぎようとする。

お遥は前に回って食い下がった。

「私見たんです。男の子がここの長屋に入ってくるのを。でも、おトキちゃんもお勝さんも、そんな子はいないって言うんです」

お遥は下駄屋に顔を近づけ、小声で言った。

「なにも番所に突き出そうとか思っているわけじゃないんです。ただ、盗られた薬を返して欲しいだけなんです」

下駄屋は顔をそむけ、「俺は知らない。なんにも知らないよ」と逃げるようにして行ってしまった。明らかに知っているという顔だった。

お勝の家に戻ってご飯を炊こうとすると、おトキが釜を受け取り炊き始めた。お遥はご飯もうまく炊けないだろうと思ったらしい。なかなかいい勘をしている。

芋が煮えご飯が炊けると、おトキは当然のように自分の分を器に盛り付けた。

「お遥姉ちゃんも食べていく？」

「え？　でも私……」

「遠慮しないで食べていきなよ」

お勝は寝たままの姿で言った。自分はもう少し痛みが引いたら食べると言う。

「腰が痛くなったらいつもおトキちゃんに世話になってるんだ」

「それでご飯を食べさせてもらうの」

おトキは悪びれるようすもなく言った。

おトキと差し向かいで芋とご飯だけの寂しい食事だが、おトキは嬉しそうに頬《ほお》ばっている。

「おトキちゃんのおっかさんも、ご飯を用意しているんじゃないの？」

お遥は甘辛く煮た芋を呑《の》み込んで言った。おトキが味付けしたものだが、なかなか美味《おい》しい。

「おっかあはいないの。おっとうと二人だけだよ」

おトキは屈託《くったく》なく答えた。だがお勝はさっきまでの笑顔を引っ込めて、不快そうに顔をゆがめた。

おトキという娘は、根っからの嘘《うそ》つきなのだろうか。前に男の子は来なかったかと聞いた時も、「来なかった」とさらりと言ってのけた。母親はいないのかもしれないが、兄か弟がいることは間違いないはずだ。

「それじゃあ、おとっつぁんのご飯は？」

「おっとうはうちで食べたり食べなかったりするんだよ。お米がある時はあたしがご飯を炊くけど、ない時はおっとうがなんか買ってくるの。おっとうがいない時は……」

「いない時は？」

おトキは、ドキリとするほど寂しそうな顔をした。

「食べないの」

「おトキちゃんの親父《おやじ》さんは、何日も家に帰らない日があるんだよ。そういう時には遠慮しないで、うちに食べにおいでって言ってあるんだけどね」

「今日は？　帰ってくるの？」

「わからない」

苦しいほどに胸が締め付けられる。

どんな言葉をかけても、なんの足しにもならない。そんな思いばかりで胸がせきあげてくる。

「お遥姉ちゃん、その簪《かんざし》きれいだね」

おトキはうっとりとお遥の髪に挿している銀のびらびら簪を見ている。

「ありがとう」

「それ、しゃらしゃら音がするんでしょう？」

簪に釘付けの目でそう言った。

「うん。するよ。付けてみる？」

おトキの顔がパッと明るくはじけた。

髷《まげ》に挿してやると、おトキは狭い家の中を歩き始めた。簪の音を楽しむように時々立ち止まって頭を振る。歩いては頭を振り、歩いては頭を振る。いつまでもぐるぐると歩きまわった。

「いい加減におし」

お勝が呆《あき》れて言うので、やっとのことで簪を取り、お遥に返してよこしたのだった。

食うや食わずの暮らしをしているおトキには、目の毒だろうと胸が痛む。

お遥は煮た芋を大鉢《おおばち》に入れた。お勝の息子、朝吉がいる醤油屋に持って行くためだ。

おトキと二人、お勝の家から出て左と右に別れようとした時、お遥は思いきって言った。

「おトキちゃんの兄さんか弟に言ってちょうだい。巾着に入っていた薬がなくて、困っているお祖父さんがいるって」

おトキはお遥を見上げた。目がキョトンとしている。

「兄さんか弟がいるでしょう？　だってあなたにそっくりだもの。この間、私が訊いた時は知らないって言ったわよね。あれは、黙っていろって言われていたからなの？」

自分のつま先を、おトキはじっと見ている。

「ねえ、お願い。お薬だけ返してもらえない？　返してもらえたら、このことはだれにも言わない。お役人に言ったりしないから」

おトキが自分の家のほうへ身を翻《ひるがえ》した。とっさに右手でおトキの手首を摑《つか》んだ。

左手には芋の入った大鉢を抱えたままだ。

「待って。おトキちゃんが兄弟を庇《かば》いたい気持ちはわかるわ。だけど盗みは悪いことよ。わかるでしょう？」

おトキがお遥の手を振りほどこうとするので、つい力が入ってしまい、手をひねり上げるような格好になってしまった。

「おい、なにやってんだ」

後ろから声が聞こえたと思うと小柄な男が素早くやって来て、おトキを抱き寄せると同時にお遥を突き飛ばした。

お遥は芋の鉢を落とさないように抱えながらたたらを踏んだ。

「俺の娘になんてことをしやがる」

ドスの利いた声に振り返り、お遥は震えあがった。

おトキの父親だという男は、いかにもやくざ者という風体《ふうてい》だった。目つきが鋭く酷《こく》薄《はく》そうな薄い唇をしていた。

「あの、私……ごめんなさい」

お遥は慌てて踵《きびす》を返し、長屋木戸へ向かった。だが立ち止まって振り返り、父親の陰に隠れているおトキに、「ごめんね」と言った。

ずっと駆けてきたので、市ケ谷御門《いちがやごもん》の大番所の前で足がもつれてしまった。大事に抱えている芋の鉢は落とさないように、ぐっと奥歯を噛みしめてこらえた。

おトキの父親が怖かった。それとあんな小さな女の子に乱暴なまねをしてしまったという後悔の念でいっぱいだった。

押しつぶされそうな気持ちで御門を抜け、朝吉のいる醬油屋に向かってお堀端の道を歩いて行くと、ほんの少し気持ちが落ち着いてきた。

風に吹かれる柳《やなぎ》の葉が、お堀の水面《みなも》に映っている。それを乱してカイツブリの親子が泳いで行った。可愛い雛の泳ぎに、ふっと頰が緩んだ。

明日にでもおトキのところへ行って謝ろう。

そう決めると、いつもの自分に戻れたような気がした。

醬油屋の尾張屋《おわりや》は間口が五間《けん》ほどの店で、それほど大きくはない。だがけっこう繁《はん》盛《じょう》しているようで活気があった。

お遥は勝手口に回った。二人の女中が忙しそうに夕餉《ゆうげ》の支度をしている。気が引けたが声をかけた。

「すみませんが、朝吉さんのお母さんから頼まれて芋を持ってきました」

「おや、そうかい。ありがとうね」

でっぷりと太った年かさのほうが、振り向いてやって来た。

話は聞いていたようで、「助かるよ」などとにこにこしている。

「あのう、朝吉さんには会えるでしょうか」

「ああ、呼んできてやるよ」

女中は気安く答えて台所の奥に消えていった。

しばらくして朝吉と思われる小僧さんを連れて戻って来た。

お遥と朝吉は外に出た。芋を持ってきたのが母親ではなく、見知らぬ女だったので戸惑っているようだ。

「あなたのおっかさんに頼まれたの」

お勝が腰を痛めて、今日は来られなくなったのだと話した。

朝吉は少し寂しげな顔になり、「ああ」と言ったあと、「それは、ありがとうございました」と殊勝《しゅしょう》に頭を下げた。

十歳にしては体が小さいが、顔つきや物言いは大人びていた。どこか、オウムの梅吉の世話をしている信吾を思わせた。

まだまだ親に甘えたい年だろうに、こうやって親と離れて奉公していると、否《いや》が応《おう》でも大人になっていくのだろうか。

大人びてはいても頼りなげな小さな朝吉が、寝小便をしてしまったことを思い出して、抱きしめてやりたいような気持ちになった。

「おっかさんの腰はどんな具合ですか？」

「いまのところ横になったままだけど、おトキちゃんが身のまわりのことをしてくれるみたい」

朝吉は、「それなら安心だ」と安堵《あんど》の表情を見せた。

朝吉だったら教えてくれるだろうか。

「おトキちゃんに、兄さんか弟がいるよね」

そう聞いたとたん、朝吉の顔がこわばった。

「いません」と小さな声で言って目をそらしたのだった。

「いるのよね。だけどどうして長屋の人はみんな、いないって言うの？　私は男の子があの長屋に入って行くのを見たの」

お遥は自分の口調が、ついきつくなっていることに気が付いた。息を整えて朝吉の目の高さに屈《かが》む。

「おトキちゃんの兄弟が盗人だから、長屋のみんなで庇《かば》っているの？　お願い。本当のことを教えて。私はお役人に言ったりしないから」

「おトキちゃんには兄弟はいません。それは本当です。おじさんとおトキちゃんの二人暮らしです」

「おトキちゃんなんです」

朝吉はお遥の言葉を遮《さえぎ》って、叫ぶように言った。

「どういうこと？」

そうは言ったが心の中では、「そんな、まさか」とつぶやいた。

もっと詳しく訊こうとすると、「番頭さんがお呼びだよ」とさっきの女中が言う。

芋を入れてきた大鉢を洗って持って来たようだ。お遥に渡しながら、「ありがとうね。うちのおかみさんにもちゃんと伝えとくね」と屈託のない笑顔で言う。

お遥は大鉢を受け取り、お勝の家に急いだ。木戸を抜ける時は、またおトキの父親に出くわしたらどうしよう、とびくびくしていたが運良く会わずにすんだ。

「お勝さん。戻りました」

声をかけて引き戸を開けた。

「ああ、ありがとうね。朝吉はどんなようすだった？」

お勝は横になったまま、顔だけこちらに向けて言った。

「元気でしたよ。お勝さんのことを心配していました」

「あの子は優しい子なんだよ」とお勝は嬉しそうに微笑んだ。

「おトキちゃんが面倒を見てくれるなら安心だ、って」

お遥は言葉を切ったあと続けた。

「私が見た男の子は、おトキちゃんだと聞きました」

「朝吉が言ったのかい？」

「はい」

お勝は諦《あきら》めたような口調で話し始めた。

「おトキちゃんはねえ。父親に言われて男の格好で盗みを働いているんだよ」

万が一盗みが発覚したら、長屋まで戻ってきて女の子の鬘《かつら》を被《かぶ》り、赤い三尺《さんじゃく》を締めて女の格好をする。よもや女の子が髪を切っているとは思わないので、バレる心配はないという。そもそもおトキは足がはやいので、長屋まで追いかけられたことはなかったらしい。

「自分の娘にそんなことをさせるなんて……。あっ、実の親ではないから？」

「いやあ、本当の親子らしいよ。あの父親は狐《きつね》の鉄司《てつじ》っていう年季の入った盗人《ぬすっと》さ」

「長屋の人はみんな知っているんですか？」

「ああ、知ってるよ」

「それじゃあ、どうして……」

「どうして番所に届けないのかって言いたいんだろう？」

お遥は大きくうなずいた。

「父親がお縄になれば、おトキちゃんが泥棒をさせられることもないわ」

「鉄司はこの長屋じゃ盗みをはたらかない。他の盗人もここでは仕事をしないんだよ。盗人には盗人の掟《おきて》があるんだね。だからまあ、安心して暮らせるってことかな」

「そんな」

お遥は言葉が出なかった。実の娘に盗みをさせるために髪まで切らせるとは。女にとって髪がどれほど大切か、わからないとは言わせない。お遥の簪をいつまでも返そうとしなかったおトキの胸の裡《うち》はどんなものだったか。

「まさか番所に届けるなんて言うんじゃないだろうね」

お遥は黙ってうつむいていた。

あんな父親のもとでは、おトキがあまりにも哀《あわ》れだ。

戸が開いて、おトキが顔をのぞかせた。

「お遥姉ちゃん。これ」

おトキは小さな紙袋を差し出した。どうやら薬袋のようだ。

「ありがとう……。おトキちゃんあのね、さっきはごめんね」

おトキはそれには答えず、「おっとうがね、次の仕事がうまくできたら簪買ってくれるって」と満面の笑みで言い、くるりと背を向けて帰っていった。

「父親が御縄になったら、あの子は親無し子になっちまう。一人でどうやって暮らすのさ」

お勝がため息まじりに言った。


「どうしたんだい。遅かったじゃないか。御屋敷でなにかあったのかい？」

かなりあ堂に戻ったお遥に、店仕舞いをしていた徳造は心配顔で訊ねた。

「心配掛けてごめんなさい。御屋敷から戻る途中で、あの子供を見つけたの。お早代さんの巾着を引ったくった子供を」

「そうだったのかい。それでどこの子供だったんだい？」

お遥はおトキとその父親、それに長屋の人々の話をした。

「私、おトキちゃんがあんまり可哀想で……」

「お遥の気持ちはわかるけれど、可哀想ってだけで、あたしらがどうにかしてやれることじゃないよ」

お遥は返してもらった薬袋を渡した。

「とてもいい子なの。一生懸命《いっしょうけんめい》お勝さんの面倒を見てた」

徳造は渡された薬袋をじっと見つめている。

「いい子なんだろうねえ」


翌日、徳造は薬をお早代のところへ届けに行った。お遥は店番をしながら、おトキのことを考えていた。実の親と暮らせる子供を、うらやましいと思ったこともあったけれど、そうとばかりは言えないとため息が出た。

「おや、どうしました」

店先に珍しい顔を見つけてお遥は破顔した。

「御隠居さん、お久しぶりですね」

「おや、そうだったかい？　昨日も会わなかったかな」

播磨屋《はりまや》の御隠居は、いたずらっぽく眉を上げて笑った。お遥は心の中で、「よかった」とつぶやいた。

今年の春に、娘のお滋《しげ》が駆け落ちをしてしまったのだ。それも女たらしで有名な銀《ぎん》次郎《じろう》とである。心痛の御隠居は、しばらく枕が上がらなかったそうだ。

お遥と徳造は見舞いに行こうとしたが、だれにも会いたくないと言っていたそうで、あれから一度も顔を見ていなかった。

こうして店に来て冗談を言えるまでになったのは、元気になった証拠だ。それに、転ばぬようにとお滋に持たされた杖を、今日も持っている。親を捨てたお滋を許すまでは言わないまでも、それなりに受け入れたということか。

「どれどれ、鳥たちは元気かな」

御隠居は土間に積まれた鳥籠を一つ一つのぞき込む。以前は福々しい丸い顔をしていたが、少し頬がこけている。それでも目を細めて鳥を見る姿は、すっかりもとの御隠居に戻ったように見えた。

「ちゃんとした親の子供じゃないと、奉公に出られないものでしょうか」

お遥は御隠居に麦湯《むぎゆ》を渡しながら訊いた。

「ちゃんとした……親かい？　それはどういうことだね」

「たとえば、親が盗人とか」

「ああ、それは……」

御隠居は渋い顔をした。

「雇う側にもよるけどね。そういうことに厳しいお店《たな》はあるよ。細かいことを言わないとこでも、手癖《てくせ》の悪い子供はどこも雇うことはないね。その子がどういう子か知らないけど、親が盗人なら敬遠されるだろうね」

「そうですか」

やっぱり、とお遥は目を伏せた。

「なんだい。そういう子供がいるのかい？」

「え？　ええ」

言っていいものかどうかわからず曖昧《あいまい》な返事をした。

「わかった。あれだ。親が御縄《おなわ》になったんだろう。それで他に身寄りがないんだね」

「まだそういうわけじゃ……」

「そうかい。まだ捕まってないが親が盗人じゃ可哀想だ、とそういう訳だね」

そこまで見抜かれては、言わないわけにいかなかった。

「とてもいい子なんです。賢くて料理が上手で、困っている人を助けてあげる優しい子なんです。それなのに……」

親に盗みをさせられ、そのために髪まで切らされた。とてもそこまでは言えなかったが、御隠居はなにかを感じたようで、眉間に皺《しわ》をよせ、「うんうん」とうなずいている。

「まずは親に、奉公に出すことを了解させなきゃならん」

「はい」

「それから、身元を保証してくれる人が必要だ。普通なら親が身元引受人になるのだが、盗人じゃねえ、ちょっと無理だ。どうだい？　そういう人はいるかい？」

「私の兄でもいいでしょうか？」

「ああ、いいとも。徳さんなら上出来だ」

御隠居はにっこりと微笑んだ。

「子供の幸せを願わない親はいない。あたしがいい奉公先を探してやるよ。そうすればその親だって、いやとは言えないだろうよ」

「ありがとうございます」

頭を下げながら、まずはおトキに奉公に出ることを承知させなければ、と考えていた。

翌日、お遥はさっそくおトキの住む長屋に向かった。おトキの父親が怖くて、まずはお勝の家を訪ねた。

お勝は針仕事をしていた。

「もういいんですか？」

「まだ痛いんだけどね。なんとか動けるようにはなったんだ」

「そうですか。無理しないでくださいね。私にできることがあったら言ってください」

「ありがとうね。頼む時には料理以外のことにするよ」

お勝はいたずらっぽく笑った。お遥もつられて笑ってしまった。

「おトキちゃん、これから来ますか？」

「なんだよ。おトキちゃんに用があって来たのかい。あたしの見舞いに来てくれたのかと思った」

「あ、いえ。お勝さんのところに来たの。ついでにおトキちゃんにも話したいことがあって……」

お遥がしどろもどろに答えると、お勝は「どっちでもいいよ」と笑った。

「おトキちゃんとどうしても話をしなきゃならないんです」

お遥は播磨屋の御隠居と相談したことを話した。御隠居がいい奉公先を見つけてくれたら、父親もきっと首を縦に振るに違いない。だからおトキが奉公に出ることを、一緒に説得してくれないだろうか、と一息に言った。

お勝は難しい顔をして聞いていた。腕組みをして、「うーん」とうなっている。

「おトキちゃんが奉公に出たいって言ったら、あの親父さんも、ひょっとするとうんと言うかもしれないね」

「そうでしょう？　私もそう思うの。子供がまっとうな道に進みたいって言うんだもの。親だったらきっといいと言うわ。奉公に出ることを、お勝さんも一緒におトキちゃんに勧めてね」

お遥は嬉しくなって胸の前で手を握りしめた。

「だけどね、お遥ちゃん。そこが一番問題なんだよ」

「え？」

「おトキちゃんがさ。奉公に出るって言うかどうか」

「言うわ。きっと。だって髪まで切って男の格好させられているのよ。盗みなんて好きでやっているはずがないもの。私に盗んだ薬袋を返してくれたもの」

「おトキちゃんは父親が好きなんだよ。あんな父親でもね。親と離れて奉公に出ることを承知するかねえ」

「でも」

その時、外から男たちの怒号が聞こえてきた。争うような物音と、「神妙にしろ」という叫び声。それに混じって「おっとう」と泣き叫ぶ女の子の声が聞こえた。

お遥とお勝は顔を見合わせた。

次の瞬間、お遥は外に飛び出した。

捕り方役人が五人ほどで、鉄司を引《ひ》き据《す》え縄を掛けているところだった。

鉄司はふてぶてしい態度で引っ立てられていく。おトキが父親に泣きながら取りすがろうとすると、役人は乱暴におトキを突き飛ばした。

「おトキちゃん」

お遥が駆け寄って抱き起こす。

おトキには連れて行かれる父親の姿しか見えていないようで、お遥の手を振りほどき、「おっとう、おっとう」とあとを追おうとする。

「おトキちゃん、おトキちゃん」

お遥は名前を呼びながら、ただ抱きしめることしかできなかった。

お勝がもつれる足でよろよろとやって来て、おトキとお遥を一緒に抱きしめた。三人はそうやってしばらく物も言わずに、鉄司が連れて行かれたほうを向いて放心していた。「とにかく、うちに行こうか」

お勝がようやく我に返って言った。

「そうですね。おトキちゃん、大丈夫？　お勝さんのとこで休ませてもらおう」

肩を抱いて行こうとしたが、おトキは動かない。

「おトキちゃん？」

「うちで待ってる。おっとうは帰って来るから」

「おトキちゃん……」

あんたの父親はもう帰って来ないんだよ。死罪か、よくて遠島《えんとう》なんだ。もう会えないんだよ。

お勝はそんなことを言いたそうな顔だった。

「あたしの家で待とうよ。ね、お遥ちゃんもいるんだ。一緒にさ」

「いやだ」

おトキは叫ぶと、自分の家に駆け込んでしまった。

「気が動転しているんだわ。もう少し落ち着いたら、私がもう一度声をかけてみます」

「そうだねえ。可哀想《かわいそう》に」

ひとまずお遥はお勝の家に行くことになった。

「おトキちゃんの好きなものでも、作っておいたらどうでしょう？」

「ああ、それはいい考えだ。あの子はなんでも、美味しい美味しいって言って食べるんだよ」

お勝はなにがいいか考えているようだが、なんでも食べるとあってなかなか思いつかないようだ。

「そうだ。去年、天ぷらをご馳走したらすごく喜んでた。悪いけど買ってきてくれないかい。お代はあたしが出すからさ」

「いえいえ、私が出します。おトキちゃんにご馳走しようって言い出したのは、私なんですから」

どっちが出すかで揉《も》めたあと、半分ずつ出すことでようやく決着が付いた。

横丁通の屋台で天ぷらを買って戻ってみると、なにやら騒がしい。

役人の姿が見えて、お遥はドキリとした。

まさかおトキを捕らえに来たのでは。

お勝も家から出てきていた。お遥を見つけると青ざめた顔で手招きをする。

「なにかあったんですか？」

「大変だよ。鉄司が役人を殴り倒して逃げたんだってさ」

「ええっ」

お遥は大きな声が出そうになって、慌《あわ》てて口を押さえた。

「まさか家に戻っているわけがないだろうけど、一応確かめに来たみたいだよ」

「それでおトキちゃんは？」

「それがいないんだよ。役人もおトキちゃんが居場所を知っているんじゃないかって、思っていたみたいなんだけど、家はもぬけの殻《から》さ」

「もぬけの殻って、父親と示し合わせていたってことですか？」

お勝は「たぶん」と唇を引き結んだ。


「あっ、あれ栗太郎じゃないかしら」

お遥は銀杏の木の梢《こずえ》を指さした。

「わかるのかい？　いくらなんでも見分けはつかないだろう」

徳造は苦笑いをして、それでもお遥の指さすほうに目を向けた。

念願の雀合戦の見物に来たのは、おトキがいなくなってから二日後のことだった。せっかく近くで見られるというのに、いつも間が悪くて一度も見物できないうちに、夏埘が終わってしまうのではないかと心配だった。

おトキの行方は杳《よう》として知れず、父親と一緒ではないかという憶測が、長屋の人々の間で囁《ささや》かれるばかりだった。

関所は厳重な監視が行なわれているはずである。鉄司親子はほとぼりが冷めるまで、仲間に匿《かくま》われ、そのうちに江戸を出るのではないか、というのがおおかたの見方だった。

次第に雀が集まってきて、銀杏の大木はまさに雀のお宿といった様相だった。親から離れたばかりの子雀は、親を恋しがって一つの所に集まって鳴くのかもしれない。お遥は親と離れ、奉公に出ている子供たちを思った。御屋敷で鳥の世話をする信吾。醬油屋で働く朝吉。顔には出さないが、二人とも心の中では寂しさをこらえているのだろうか。親と一緒に泥棒稼業を続けるおトキと、どちらが幸せなのだろう。いくら考えてもお遥にはわからない。ただおトキがこの先、まっとうになってくれることを願うばかりである。

日がすっかり落ちた頃、雀の数はいよいよ増えて。鳴き声はいまや頭の上から降るようだ。耳が痺《しび》れるという感覚を初めて味わっている。

「すごいね、兄さん」

「ああ、これはまさに雀合戦だね」

徳造が頰を紅潮させて言う。

子雀が集う夏の塒はそろそろ終わりを迎えている。

第二話　秧鶏叩《くいなたた》く

新しい畳の匂いで、お遥は頭がくらくらした。

浅草橋場町《あさくさはしばちよう》の高級料理屋、中村屋《なかむらや》の店構えに圧倒され、案内をして先を歩く女中の上品さに気圧《けお》され、着いた先は十畳ほどの立派な離れ座敷だった。

真新しい青い畳に黒光りする床柱。きらびやかな扇を描いた豪華な襖《ふすま》。

お遥は口を開けて部屋の真ん中で突っ立っていた。こんな上等な料理屋とはついぞ縁がなかった。

「まあ座れよ」

八田伊織《はったいおり》が障子《しようじ》を開け放した縁側の前ではやくもくつろいでいた。

お遥は我に返って伊織の隣に座る。低い芝垣の向こうには広大な野原が広がっていた。

「わあ」

思わず声が出る。野原は浅茅《あさじ》が原《はら》という湿地だ。そこへ、今まさに沈もうとしている夕日が、赤々と差し込んでいる。

葦《あし》や杜若《かきつばた》の草むらが時々がさがさと揺れるのは、姿は見えないがクイナが歩いているからなのかもしれない。

今日の昼過ぎ、伊織がいつものようにふらりとやって来た。伊織は鳥見役《とりみやく》の御旗本《おはたもと》で、お役目と言いながらしょっちゅうかなりあ堂で油を売るのだ。

『クイナの声を聞きに行かないか』

そう言ってお遥を誘った。

近頃は料理に舌鼓《したつづみ》をうちながらクイナの声を聞くのが人気で、橋場や佃島《つくだじま》の料理屋が大はやりなのだ。

この中村屋もクイナ人気を当て込んで、最近店を改築したばかりだという。

すぐに酒が運ばれてきた。

伊織がさっそく手酌《てじやく》で飲み始めると、女中は「まあ」と驚いたような声を上げた。それでもさすがに一流の店だけあって、すぐによそ行きの顔になって、「すぐにお料理をお持ちしますので」と座敷を出て行った。

「あの人、なんで驚いたのかしら」

「俺が手酌で飲んだからだろう。普通は同席している者が酌をするものだからな」

「なあんだ。そうだったの。言ってくれればいいのに。伊織様がさっさと自分でお酒をついでしまうからいけないんです」

お遥はふくれて横を向いた。

「まあ、いいじゃないか。お遥も飲むか？」

お遥は大きく首を横に振った。

「お酒は酔っ払うから嫌い」

言ってしまってから、また子供扱いされてからかわれるかと身構えたが、伊織は目を細めて笑っただけだった。

日が落ちて涼しい風が入ってくる。まだクイナの声は聞こえないが、こうやって暮れていく浅茅が原を見ているだけで清々《すがすが》しい気分になってくる。

料理が運ばれてきた。二《に》の膳《ぜん》まである豪勢なものだ。

「焼き物は鯛《たい》の木《き》の芽《め》焼き、それからこちらは筍《たけのこ》のでんぶ煮でございます」

女中は料理の説明を始める。お造りはなに、汁物《しるもの》はなにと淀《よど》みなくつづけて、「お嬢様にはあとで甘酒《あまざけ》をお持ちしましょうか」と伊織に酌をしながら言った。

「そうだな頼むよ。なあ、お遥」

伊織は女中に心付けを渡した。

「ありがとうございます。駒《こま》と申します。どうぞご贔屓《ひいき》に」

お駒はしなを作って頭を下げた。

クイナの声が暮れなずんだ湿原のほうから聞こえてくる。

クヒッ、クヒッ、クヒッと高く短く鳴いている。

「なるほど、この鳴き声が名前の由来か」

「ここのクイナは少し変わった声ですね」

お遥はなんということもないのだが、思ったままを口にした。

「このお嬢様は飼鳥屋なんだ」

伊織はからかう口調で女中に言う。

「まあ、そうでございますか。それでクイナの鳴き声にお詳しいのですね。江戸で一番の料理屋は八百善《やおぜん》さんだと言われてますけど、そのうち中村屋が一番になるんじゃないか、なんて言う人もいるんでございますよ」

女中は誇らしげに、「ほほほ」と笑った。

「ですから寄ってくるクイナも、そんじょそこらのクイナと違うんじゃないでしょうか」

「なるほどねえ」

伊織は端《はな》から信じていなさそうだが、話を合わせている。

「おしなべてたたく秧鶏《くいな》におどろかば　うはの空なる月もこそ入れ、か」

伊織が刃物のような細い三日月を見上げて言った。

源氏物語《げんじものがたり》の澪標《みおつくし》の巻で、光源氏《ひかるげんじ》が歌った歌だ。花散里《はなちるさと》があまり訪ねてこない光源氏を恨《うら》んで、「秧鶏でも戸を叩いて知らせてくれなかったら、どのようにして月の光のあなたを迎え入れることができたでしょう」という恨み言に返した歌だ。「どの家の戸でも叩く秧鶏の音に見境《みさかい》なしに戸を開けたら、浮気な月の光が入って来て困ることだ」と光源氏は歌い、花散里を愛しく思う場面だったはずだ。クイナの鳴き声は、女のもとを訪ねた男が忍びやかに戸を叩く音に似ているので、昔から歌に歌われてきたのだ。

「旦那は光《ひかる》の君《きみ》だったんですね。どうりでいい男ぶりだと思いましたよ」

お駒が身をくねらせ、妖《あや》しい目をする。

お遥はなぜだか不快になって、膳の上のきゅうりを口に入れた。

「美味しい」

思わず声が出る。ただのきゅうりの漬物だと思っていたが、薄く醤油の味がついており、ほのかに甘いのはみりんか何かが入っているようだ。

お駒がにっこりとお遥に笑いかけ、「どうぞごゆっくり」と頭を下げて出て行った。

女中がいなくなり二人きりになると、静かな座敷にクイナの声がもの悲しく響いた。隣の座敷の明かりがぼんやりとひなびた庭を照らしているが、話し声は聞こえない。きっとクイナの声に耳をすましているのだろう。

「なあ、お遥」

伊織は料理にはあまり手を付けず、相変わらず手酌で酒を飲んでいる。お遥は見たこともないご馳走に、食べるのが忙しかった。

「なんですか」

菜飯《なめし》を一杯に頬張った口で返事をした。

「俺に会えないと寂しいか？」

「そりゃあ寂しいですよ。二、三日かなりあ堂にいらっしゃらない時は、お役目がお忙しいんだろうって思いますけど、お風邪《かぜ》でも召してるのかな、とか心配になります」

「俺のことを心配してくれてるのか。それはありがたいな。二、三日じゃなくて、もっと長く会えなかったら、お遥はどうする」

「どうするって……。あっ、ひょっとして旅に出られるのですか？　江《え》ノ島《しま》ですか？

それとも箱根《はこね》？」

「もっと遠くだ」

「ああ、それならひと月は会えないんですね。それは寂しいわ。でもお土産《みやげ》を買ってきてくれるなら行ってもいいですよ」

「ははは。行ってもいい、か。だがな……」

その時、遠くで大きな水音がした。

「なんでしょう」

「酔っ払いが足でも踏み外したんじゃないのか」

すると今度は女の悲鳴が聞こえた。

お遥と伊織は、はっとして顔を見合わせ同時に座敷を飛び出した。

廊下に出ると他の座敷の客も恐る恐る出てきて、声のしたほうへ向かっていく。

厨房《ちゆうぼう》からは料理人や女中も出てきて、渡り廊下のほうへと走っていく。廊下の向こうは店の主人の私宅があるようだ。小さいながらも瀟洒《しようしや》な家は、薄暗がりの中でもずいぶんとお金がかかっているように見えた。

渡り廊下に主人らしき恰幅《かつぷく》のいい男が姿を現した。垂れた頰の肉を震わせ、血走った目で人だかりができているほうへと走っていった。

「なんだ。どうしたんだ」

主人は野太い声でそばにいた店の若い衆に訊く。

「ひ、人が死んでるんで」

帳場《ちょうば》の者なのか紺の前掛けを締め、いかにも几帳面《きちょうめん》そうな顔で答えた。

渡り廊下の下をのぞき込み、主人は「ひゅっ」と息を吸い込み、二、三歩後ろによろけたが、さすがに大店《おおだな》の主人だけあって、すぐに体勢を立て直し、「お客さんを」と若い男に指示した。

「どうぞお部屋のほうへお引き取りを。とんだ不調法《ぶちょうほう》で申し訳ありません」

若い男は、そばにいた女中たちにも言いつけて客を遠ざけた。

「なんだ、なんだ。なにがあったんだ」

客たちは騒いでいたが、店の者たちにうまくあしらわれ座敷へ戻って行った。

渡り廊下には店の主人とさっきの若い衆、それと女中が数人残った。その中に、あのお駒という女中もいた。

お駒は両手を胸に当て、唇を戦慄《わなな》かせていた。

「弥助《やすけ》さん」

その声は、そばにいたお遥にしか聞こえなかったようだ。

「あの」

お遥が声を掛けると、お駒は、はっと我に返って、「どうぞお部屋のほうへ」とその場を取り繕《つくろ》った。

「番所の役人を呼んでこい。役人が来るまで、それがしがここを見張っておる」

伊織は厳《いかめ》しい声で命じると、主人の中村屋《なかむらや》甚五郎《じんごろう》をそばに呼んだ。

「この男は店の者か？」

渡り廊下の下を伊織が指さすので、お遥は後ろをすり抜けて下をのぞき込んだ。

紺の縦縞《たてじま》に鯉《こい》の柄が入った着物を着た男が、湿地の水たまりの中に突っ伏していた。死んでいるのは間違いなさそうだ。そばに木槌《きづち》が落ちている。それで頭を殴られたようだ。

「店の者ではないと思います。顔は見えませんが、あんな男はうちにいませんから」

甚五郎は落ち着きを取り戻し、渋面《じゅうめん》を作って答えた。

「あそこに落ちている木槌で殴られたんですね」

下をのぞき込みながらお遥は伊織に言った。

「お遥は部屋に戻っていなさい」

「えっ、でも……」

死んでいるのは弥助という男に違いないのだ。それを伊織に教えたかった。

「この男がだれか、知っている者はいないか」

伊織がその場に残った奉公人たちに問うた。だれもが頬を引き攣《つ》らせ、首を横に振る。

お駒が、「さ、お嬢様。お部屋のほうへ」とお遥の腕を取る。

お駒の顔は青ざめ、こわばっていた。弥助という男のことを、とても訊《き》けるようなようすではなかった。

半分ほど食べ残した料理を、お遥はぼそぼそとつまみながら伊織が戻ってくるのを待っていた。

すっかり夜は更け、虫の音《ね》が聞こえる。だがクイナの声は聞こえない。番所の役人が検分をしている物音が遠くで聞こえている。そのせいでクイナはどこかに隠れてしまったのだろうか。

しばらくして伊織が戻ってきた。

「あの男がだれかわかったよ」

伊織は膳の前に座り、冷めてしまった鯛の焼き物に箸《はし》をつけた。

「弥助さんっていう人でしょう？」

「なぜ知っている」

驚いて目を丸くする。

「お駒さんが、そう言ってたわ」

伊織は首をひねった。

「お駒は知らないと言っていたぜ。知っていたのはここの板前だ。知り合いの板前が木母寺《もくぼじ》の武蔵屋《むさしや》で働いていてな。弥助は武蔵屋の手代《てだい》だったんだ。だが主人と馬が合わなくて、喧嘩《けんか》して辞めたらしい。なにかの折りにその知り合いと往来を歩いていた時、向こうからやって来る弥助を見て、『あれが以前うちにいた手代だ』と教えられたそうだ」

その時も鯉の柄の着物で、すっかりやさぐれていた。もとは一流の料理屋、武蔵屋の手代には見えなかったという。

「武蔵屋をやめた弥助が、どうして中村屋で死んでいたんでしょう」

「それだな。なぜあんなところで……」

「それにお駒さんは、なぜ知らないって言ったのかしら」

伊織は、「うーん」と唸《うな》って徳利《とっくり》を持ち上げた。空《から》だったとみえて手を叩き女中を呼ぶ。

頼んだ酒を持って来たのは、お駒ではなく別の女中だった。

「お駒という女がいるな。あれはよく気が付く女中だな。仲間内でもさぞ評判がいいだろうな」と女中の酌を受けながら、伊織は何気ないふうで訊いた。

「お駒ですか？」

小太りで丸顔、愛嬌《あいきょう》のある小さな目が特徴的な女中はちょっと嫌な顔した。

「あの人は、実をいうとここの主人の後妻《ごさい》に入るんじゃないかって噂《うわさ》なんですよ。たしかに気は利《き》くし、頭の回転が速いですから気に入られたんでしょうね」

「後妻？　中村屋甚五郎は独り者なのかい？」

「はい。去年、ここの女将《おかみ》さんは病気で亡くなったんです。ちょうどその頃にお駒がやってきて、あっという間に旦那さんのお気に入りになってしまったんですよ」

女中は「あら」と我に返ったように口を押さえ、小さな目をきょろりと動かした。

「いやだ、私ったら。余計なお喋《しゃべ》りを。人死《ひとじに》があったんで、どうかしちゃったんです」

「まあ、いいじゃないか。名はなんと申す。いろいろと教えてくれないか」

伊織はそう言ってまた心付けを渡した。

「イチと申します」

おイチは受け取った紙包みを嬉しそうに懐《ふところ》に入れた。

「なんでも訊いてください」

「死んでいた男は弥助というらしい。もとは武蔵屋の手代だった男だ。知っているか？」

「いいえ、どうしてその人があんなところで死んでいたんでしょう。あそこはお客さまが立ち入るところじゃないのに」

おイチは目を丸くした。

「どうもお駒は弥助のことを知っているようなんだが、あんな男は知らないと言っている。どうしてだかわかるか？」

「さあ」

だがおイチは店一番の金棒引《かなぼうひ》きに訊いてみると請《う》け合《あ》った。

「金棒引き？」

お遥が訊くとおイチは、「ええ。下働きのおじさんでね。まあ、なんというか噂話が大好きなんですよ。男のくせに。うちの店にはちょっと前に入ったばかりなんですけど、もうだれよりも、あれやこれやに詳しいんですよ」と笑った。

「あれやこれや……ですか」

おイチが言うには、奉公人たちのだれとだれが好き合っているとか、だれがだれのことを嫌っているなどのことらしい。

隣で八百屋を営むお種が、今日もお八《や》つを持って来てくれた。独り身のお種は、いつもこうして徳造やお遥のぶんも持ってくるのだ。徳造が、「申し訳ない」と恐縮すると、みんなで食べたほうが美味しいから、と言って豪快に笑うのが常だった。

今日は西瓜《すいか》だ。

三人でみずみずしい赤い果肉にかぶりつくと、自然に笑みがこぼれた。井戸水で冷やしてあったらしく、ひんやりとしている。

歯形のついた三日月型の皮を、お種は「あーあ」と名残惜しそうに見た。

「どうしたんですか？」

「西瓜も、もう終わりだなって思ってさ」

「そうですね。暑い暑いって言っているうちに、あっという間ですね」

「あたしは暑いって文句言いながら、西瓜を食べるのが大好きなんだよ。食べたあとにすっとするじゃないか」

徳造が横を向いてそっと笑った。

「あ」

お種が突然大声をあげたので、徳造は笑ったことを咎《とが》められたと思ったのか、びくりとして首をすくめる。

「あの白い鳥。あれなんていう鳥？　きれいな鳥だねえ」

「あれ、お種さん知っているでしょう」

「そうかい？　あたしは見たことないよ」

「いいえ。絶対に知っていますよ」

徳造が珍しく強い口調で言う。どうやらお種をからかっているようだ。

「あれはカナリアですからね」

「ええっ！」

お種は西瓜の皮を盆の上に投げ捨てると、鳥籠のほうへ向かった。

籠に顔をくっつけるようにしてのぞき込む。

「これがカナリアかい？　だって白いじゃないか」

お種の声に驚いてカナリアは羽ばたきをした。

「お種さん、カナリアが驚いているじゃありませんか」

「だってさ、こんな白いカナリアなんているのかい」

またカナリアをのぞき込んで、「いるんだねえ」と感心した。

お遥は食べ残した西瓜の皮を小さく切って、鳥籠に挿《さ》してやった。

「絵師の山本宗仙《やまもとそうせん》様は知ってますよね」

「ああ、知ってるよ。この店のお得意だろう」

「宗仙様のところに白いカナリアをおさめたことがあるんです。卵を産んだんですけど、みんな孵《かえ》らなかったんです。宗仙様はとってもがっかりなさって、もう巣引《すび》き――鳥に卵を産ませることはしないって……」

「へええ、そんなことがあったのかい」

白いカナリアの卵は孵らないことが多いと聞いていた。宗仙は必ず孵してみせると張り切っていたのだが。

宗仙の落胆ぶりよりも、もっと気の毒だったのは播磨屋の御隠居だった。御隠居は、白いカナリアが生まれたら譲り受ける約束をしていて、とても楽しみにしていたのだ。しかもちょうどその頃、娘のお滋が駆け落ちをしてしまったのは、二重の衝撃だったのではないだろうか。

それでも近頃ようやくもとの元気な御隠居に戻ったようで、徳造と二人、胸をなで下ろしていたのだった。

「それじゃあ、御隠居さんが買うのかねえ」

「どうでしょう。一応声は掛けてみようと思うんですけど」

御隠居がいらないと言っても、カナリア好きの間では白いカナリアは垂涎《すいぜん》の的《まと》であるから、すぐに買い手は見つかるだろう。

「ごめんくださいまし」

遠慮がちに戸口に現れたのは、先日の中村屋の女中、おイチだった。

「先日はありがとうございました」

お遥を見るなりにこやかに頭を下げた。

「今しがた、お奉行所《ぶぎょうしょ》に行ってきたんですよ。お役人に言ったことを、こちらのお遥さんにも伝えておいて欲しいって、伊織様に言われてましたのでね」

お遥に話せば伊織にも伝わる、と教えられたらしい。

「伊織様は、ほんとうに二枚目でございますね。まるで役者のようで。お遥さんはお幸せですねえ」

「ええっ」

とお遥、徳造、お種の三人が同時に声を上げた。伊織が二枚目だと、なぜお遥が幸せなのか、思いも寄らない言葉に驚き呆気《あっけ》にとられた。

そんな三人には気にも留めず、おイチは昨日わかったばかりのことを話し始めた。

「十蔵《じゅうぞう》さんが言うには、あ、十蔵さんというのはうちの店の下働きのおじさんなんですよ」

徳造とお種の呆《ほう》けたような顔を勘違いしたらしく、店は浅草橋場町の中村屋で、とひととおりの説明をした。

「その十蔵さんが言うには、お駒と弥助さんがいい仲だったっていうんです。あ、弥助さんというのは、うちで殺された人ですよ」

とおイチはまた説明を付け加える。お遥から話を聞いていた徳造は「うんうん」とうなずいていたが、お種は「殺された？」と目を丸くして叫んだ。

「店の主人に取り入って後妻になるような話も出ていたのに、他に男がいたなんて、二股をかけていたんでしょうかね。性悪《しょうわる》な女ですよね。きっと他にも男がいて、それで弥助さんっていう人は殺されてしまったんじゃないかって、店の者は話しているんですよ」

「お駒ってさ、もとは浅草の水茶屋にいた人かい？」

「それは知りませんけど」

「色白で切れ長の目をした美人で、いい女だろう？」

「さあ、美人かどうかわかりませんけど、たしかに色白ですね」

「お種さん、知ってるんですか？」

お遥が訊くと、お種はうなずいた。

「もう、何年も会ってないんだけどね。ずっと以前にこの近くの長屋に住んでいたのさ。ここが平川町だろう？　だから平川小町《こまち》なんて呼ばれていたんだよ。あたしたちはなぜだか気が合ってさ、仲良くしてたんだ。今度、浅草の水茶屋で働くことになったから、もう会えないね、なんて挨拶に来て涙をこぼしてくれたんだ。いい人だったよ」

お種の目にうっすらと涙がにじんでいた。

「それじゃあ、別のお駒さんじゃないんですか？　うちの店じゃ、あんまり評判はよくないですよ。弥助さんが死んで邪魔者がいなくなったんで、いよいよ店の主人に嫁入りできるね、なんて言う人もいますよ」

言っているのは、おイチかなという気もする。

おイチは、「また二人でお越しください」と言って帰っていった。

お種は首をひねっている。お遥がお駒の容貌や背丈などを話して聞かせると、やはりお種が知っているお駒に違いないと言う。

「あたしは中村屋の主人が怪しいと思うね。お駒ちゃんは、そりゃあ気立てがよくて器量よしだから、男が放っておかないんだよ。弥助っていう男がしつこくつきまとって、中村屋にまで押しかけて行ったんだろう。それを知った主人が殺したんだ。間違いないよ」

お駒はたしかに美人だが、それほど気立てがいいとは思わなかった。だがそれは黙っていた。

「お駒ちゃんには世話になったんだよ。あたしの亭主が死んじゃって、毎日泣いていた時にさ、励ましてくれたんだ。幸せになってもらいたいね。お駒ちゃんには」

徳造もお遥も、なんとなくしんみりとしてしまった。

するとお種が、「さっきの女中さん、また二人で来てくださいって言ってたよね。二人って？」と首をかしげた。

「お種さんに言ってなかったわね。伊織様と一緒にクイナの声を聞きに行ってきたの。中村屋さんに。ほら、今評判でしょう？　豪華なお料理をご馳走して貰っちゃった。でもあんな事件があって、お料理が冷めちゃって残念だったわ」

「まあ、そりゃあ残念だろうさ。だけどクイナの声を聞くなら夜だろう？　二人でねえ……。そんな高級な店に……」

お種は妙な顔をして徳造とお遥の顔を見比べた。

お遥はなんだか居心地が悪くなった。

「それがどうかしたの？」

「いや、どうもしないけどさ。伊織様はなんか言ってたかい？」

「ううん。なにも。……あ、どこか旅に出るとか言ってたわ」

「そうかい。それじゃあよほど遠くに行くのかねえ」

なにか別のことを言いたそうなのだが、言葉を呑み込んでしまったように見える。

いつになく歯切れの悪いお種に、お遥も首をかしげるしかなかった。


中村屋のお駒が御縄になったと聞いたのは、それから数日してからだった。

「お駒ちゃんが下手人《げしゅにん》だなんて、ありえないよ」

お種はかなりあ堂の店の上がり口に座り、さっきから何度も同じ事を言っている。

「私もそう思う。だって『弥助さん』ってびっくりしたように言っていたもの」

「そうだろう？　お駒ちゃんがそんなことするとは思えない」

お遥はうなずいた。お駒は下手人ではないと思うが、昔と同じいい人のままだとも思えない。何年も会っていないというのだから、お駒が変わってしまっていてもおかしくはない。

お駒は弥助と浅草鳥越町《とりごえちょう》の長屋に住んでいたという。中村屋の後妻に入るという噂の一方で、弥助と暮らしていたというのは、やはりお駒はそういう女だったのではないだろうか。

「あのおイチって女中、お駒ちゃんが美人だから妬《ねた》んでるんだよ。それでお役人に悪い噂を流したに違いないんだ」

お種の怒りが伝わってくる。いつものお種なら激しく言いつのるはずだが、静かな口調はお種の怒りの強さをうかがわせる。

そんなお種が、今日は少し怖かった。

お種は突然、勢いよく立ち上がった。小鳥たちが驚いて一斉に羽ばたきをした。

「あたしがお駒ちゃんの疑いを晴らしてやる」

そう言って店を出て行こうとする。

「どこに行くの？」

「お駒ちゃんの長屋だよ。ほんとうに弥助っていう人と暮らしてたのか確かめてくる」

「これから行くの？　お店はどうするの？」

「糊屋《のりや》の婆さんに頼んでおいておくれよ」

お種は店を飛び出していった。

「お遥、一緒に行くんだ。なんだか心配だよ。店番のことはあたしが頼んでおくから」

「うん」

お種のあとを追った。お遥もいつもと違うお種が心配だった。

山谷堀《さんやぼり》沿いを行って、新鳥越橋《しんとりごえばし》を渡ってすぐのところがお駒たちの長屋だった。裏《うら》店《だな》とはいってもなかなか綺麗《きれい》な長屋で、こざっぱりとした子供やおかみさんたちで賑《にぎ》やかな感じのいいところだった。

「お駒ちゃんの家はどこですか？」

井戸端で洗濯をしていた五十がらみのおかみさんに、お種は訊いた。

するとそのおかみさんは洗濯の手を止めてお種を見上げた。そばにいた若い女たちも、おしゃべりをぴたりと止めて、こちらを振り向いた。

「あの、お駒ちゃんの……」

「あんたお駒ちゃんとどういう関係？」

「あたしは昔なじみですよ。お駒ちゃんがまだ平川町にいたころの」

「ふーん」

「弥助っていう人と一緒に暮らしていたって本当ですか？」

おかみさんは立ち上がって、両手を腰に当てた。

「本当だよ。あんないい人を殺しちまうなんて、なんて女だよ。弥助さんを殺して、中村屋の後釜に入ろうなんて、鬼か蛇《じゃ》かってんだ」

お種の顔は赤いのを通り越して紫色になった。

「人殺しと同じ長屋に住んでいたなんて、恐ろしいったらありゃしない」

「お、お駒ちゃんは……お駒ちゃんはそんな人じゃないよ」

お種は叫ぶと同時に、おかみさんに摑みかかった。髷《まげ》を摑んで後ろに引き倒そうとしている。

「お種さん。お種さん。だめよ。やめて」

お遥は一生懸命にお種にむしゃぶりついて、なんとか引き剝《は》がした。

お種は泣きながら、「この、嘘つきばばあ」などと暴言《ぼうげん》を吐いている。

「お種さん、行こう。ね、もう行こうよ」

お種を引っ張って長屋木戸を抜けた。

「悔しい、悔しい」と泣きじゃくるお種の腕をとって、山谷堀沿いの道を戻りかけた時だった。

後ろから若い女が駆けてきた。

「おばさんの言うこと、真に受けちゃだめですよ」

女は二十歳《はたち》を少し過ぎたくらいで、背が高く細面《ほそおもて》の上品な顔立ちをしていた。自分はお園《その》だと名乗り、お駒には世話になった者だと言う。

「あのおばさんはおクマっていうんですけど、お駒さんにお金を借りていたんですよ。それで頭が上がらなくて、ずっと煙《けむ》たく思っていたんでしょうね。長屋じゃお駒さんは一目《いちもく》置かれていて、慕っている人と嫌っている人が半々くらいでしょうか」

「おクマって人は嫌っているほうなんだね」

お種は腹立たしげに鼻を鳴らした。小舟が一艘《いっそう》ゆっくりと山谷堀を行くが、お種にはなにも見えていないようだ。

「おクマさんは自分の天下になっていい気になっているんですよ。借金も払わなくてすむし」

「嫌な女だねえ。だけど弥助さんっていう人とは夫婦だったのかい？」

「あたしたちはみんなそう思ってました。でも違ったみたいです。ただ一緒に住んでいただけだったみたいですけど、仲はよかったですよ。弥助はおクマさんが言うほどいい人じゃなかったですよ。もとは武蔵屋の手代だったそうですけど、お駒さんの口利きで中村屋さんに奉公しているって言ってました。でも、昼間はぶらぶらしていて、遊んでいるようにしか見えませんでした」

「えっ。待ってください」

お遥は驚いて話に割って入った。

「弥助さんがそう言ったんですか？　中村屋さんに奉公しているって」

「ええ。そうですよ」

お園はなぜそんなに驚いているのか、と不思議そうに小首をかしげた。

「中村屋さんではこんな人は知らないって、みんな言ってました。あの店の主人もです」

「どういうことなのさ」

お種も怪訝《けげん》そうに眉を寄せた。

「なんだか変ですね」

「ああ、変だ。やっぱり弥助さんを殺したのは中村屋の主人だよ。弥助さんを知らないと言ったのが動かぬ証拠さ。それなのに、みんなでよってたかってお駒ちゃんを下手人にしちまったんだよ」

お種は堀端《ほりばた》に植えてあったしだれ柳の葉を、一枚引きちぎって手の中で握りつぶした。

「中村屋に行ってくる」

そう言って大股《おおまた》で歩き出した。

「待って、お種さん」

あとを追いかけながら振り返って、「お園さん、いろいろありがとう」と頭を下げた。

「なにかわかったら教えてね」

お園は手を振って答えた。

中村屋は白鬚《しらひげ》の渡《わたし》を過ぎてすぐのとこにあるのだが、お種はそこを超えてどんどん行ってしまう。

小走りに駆けてもなかなかお種に追いつけず、中村屋を過ぎてしまうので、「お種さん。こっちこっち」と大声で呼んだ。

「この道を折れたところにあるんですよ」

戻って来たお種にそう言った。

横道に入り中村屋の看板が見えると、お種はぴたりと立ち止まった。

お遥は並んで立って、息を整えた。

「どうするんですか？」

「中村屋の主人に……」

「弥助さんを殺したのは、あなたですかって訊くんですか？　はいそうです、なんて言うわけないですよね。お役人だって調べたはずだし」

「だけどおかしいよ」

「ええ、おかしいです」

二人は「御料理」と書かれた看板を、しばらく無言で睨《にら》み付けていた。店の前まで来たものの、お種はほかに算段はないようだった。

時分時《じぶんどき》ではないからなのか、それともこのたびの騒ぎのせいなのかわからないが、店は閑散としていた。

「そうだわ。十蔵っていう人に訊いてみましょうよ。その人がお駒さんと弥助さんの関係を調べたんです。お店の人はだれも知らなかったのに。他にもなにか知っているかもしれません」

お遥とお種は、勝手口に回った。すると小柄な中年の男が飛び出してきた。風呂敷包みを首の後ろに括《くく》り付けている。

その男のあとを追っておイチが出てきた。

「ちょいとお待ちよ。やめるこたあないじゃないか。なんでなんだよ」

逃げようとする男の腕を取って引き戻している。かなりな力のようだ。

「放してくれ。もう旦那さんにもやめるって言ったんだ」

「なんでやめるのか、お言いよ」

「こんな物騒な店にいられるかよ。他にもやめるって言ってるやつがいるしな。この店はもう終わりだよ」

憎々《にくにく》しげに言っておイチの手を振りほどき行ってしまった。

「おイチさん」

お遥が声をかけると、おイチは振り返った。

「おや、かなりあ堂の……ええっと……」

「遥です」

「そうそう、お遥さん。こちらはお種さんでしたっけ。みっともないところを見られちゃいましたね。十蔵さんがやめるっていうんで、びっくりしちゃって」

「あの人が十蔵さんなんですか？」

「そうなんですよ。気働きのある人だし、どこから仕入れてくるのか面白い話をするしね」

「お駒さんと弥助さんのこととかですか？」

おイチは「まあ、そうだね」とニヤリと笑った。

「だれに訊いたんでしょうね。十蔵さんは」

「私も訊いたんですよ。いやに詳しくいろんなことを知ってるんでね。たとえばお駒さんとうちの店の主人の仲がどのくらい親密か、とかね。十蔵さんは、だれから訊いたかは言えない、なんて言ってましたよ。まったく不思議な人でしたよ」

おイチは十蔵が去って行ったほうを見て、小さく首を振った。そして急に思い出した、というようにお遥たちを見て、「今日、おいでになったのは、どういう？」と訊いた。

「おイチさんに会いに来たんですよ。十蔵さんと話をさせてもらおうと思って。でも一足遅かったんですね」

お遥は十蔵の家はどこかと訊ねた。おイチも言うように、十蔵はもっとなにかを知っている気がする。ここまで来たのだ。なんとしても十蔵に話を訊きたかった。

おイチは家を知らなかったが、口入れ屋の世話でここに来たのだ、と言って浅草寺《せんそうじ》近くの口入れ屋を教えてくれた。


浅草寺に近づくほどに人通りは多くなる。観音様《かんのんさま》にお参りした帰りなのか、母子連れが歩いてくる。はしゃいで走り回る男の子を、叱《しか》りながらも母親は笑顔だった。向こうから山のように笊《ざる》を背負って竹笊売りがやってくる。こちらからは天秤棒《てんびんぼう》の両方に四角い箱をぶら下げた金山寺《きんざんじ》味噌《みそ》売りが、「醤《ひしお》は金山寺、醤油のもろみ、菜漬……」と節《ふし》を付けて売り歩いている。

お遥はその後ろ姿を何気なく目で追っていた。すると屋台の茶店の陰で、二人の男が立ち話をしているのが目に入った。一人は立派な羽織袴《はおりはかま》姿で、どこかの大店《おおだな》の主人といった風情《ふぜい》だった。でっぷりと太っていて、顔も血色がよく丸々としている。もう一人はさっきちらりと見ただけだが、どうも十蔵に似ている気がする。

お遥はお種の袖《そで》を引いた。

「あの人、十蔵さんじゃないかしら」

「えっ、どこ？」

茶屋の陰でまるで人目を憚《はばか》るように立っている二人を指さした。

「十蔵さんだ。間違いないよ」

とお種とお遥がうなずき合っているうちに、二人の男はすっと離れて左右にわかれて歩き出した。

「どうしよう。お種さん」

「あたしは十蔵のあとをつけるよ。家に帰るかもしれないしね。お遥ちゃんはあっちの旦那のあとをつけて。あとで……そうだね、観音様の前で落ち合おう」

「わかった」

恰幅《かっぷく》のいい男が菓子屋の角にさしかかると、待たせてあったらしい駕籠に乗った。早駕籠でもない限りお遥がついて行くのは簡単だ。あとをつけているのを気取られる心配もないし、むしろ駕籠に乗ってくれたのはありがたかった。

駕籠が着いた先は、木母寺の境内にある料理茶屋、武蔵屋だった。

「今、駕籠からおりたかたはこちらのご主人ですか？」

店の前を箒《ほうき》で掃いていた老人に訊ねた。

「ええ、そうですよ。なにか？」

老人は顔を上げ、人のよさそうな微笑みを返してきた。

「いえ、いいんです。なんでもありません」

踵《きびす》を返して浅草寺に向かった。

弥助はもとは武蔵屋の手代だった。武蔵屋も中村屋もクイナの声を聞ける料理屋として有名だ。いや、どちらかといえば武蔵屋のほうが名が通っているはずだ。

中村屋に奉公していた十蔵が、なぜ武蔵屋の主人と話をしていたのだろう。それも人目を避けるようにして。

浅草寺の観音堂の前で四半刻《しはんとき》（約三十分）ほど待った頃、ようやくお種がやって来た。

「やっぱり家に帰ったよ。不忍池《しのばずのいけ》のそばの結構な一軒家に住んでた。料理屋の下働きが住むような家じゃなかったね」

「十蔵さんって何者なんですか？」

「近所の人に訊いたけど、いろんな人が出入りしていて誰が住んでるのか知らないって言ってたよ。そっちはどうだった？」

「武蔵屋の主人でした」

「えっ、あの木母寺のとこの？」

「はい。弥助さんは以前は武蔵屋で働いていたって聞きました」

「なんなんだよ。訳がわからない」

お種の言う通りだ。なにがどうなっているのか、さっぱりわからない。

「おイチさんに教えてもらった口入れ屋に行って、十蔵さんのことを訊きましょう」

「うん。行こう」


口入れ屋の店主は渋い顔をしてお遥たちをじろじろと見た。なんでそんなことを知りたいのだ、と顔に書いてある。なにかもっともらしい理由を考えなければ、とお遥が頭を働かせていると、お種がよどみなく話し始めた。

「十蔵っていう人が中村屋で働いているって聞いたんですよ。この子の……」

とお遥を指さした。

「この子の伯父《おじ》さんじゃないかと思うんです。十蔵さんはたった一人の身寄りなんですよ。ずっと行方知れずだったので、死んじゃったのかと思っていたのよね。あたしはこの子のために、一緒に探してあげているんです」

お種はお遥の肩を抱いて、涙声で言う。

お遥も悲しげな顔でうなずいて見せた。

「さっき中村屋に行ったら一足違いだったんですよ。もう辞めたって聞いて、あたしたちがっかりしていると、ここの口入れ屋さんを教えてくれたんです。ほんとうに、この世は親切な人ばかりですねえ」

「いやいや親切なのは、あんただよ。可哀想なこの人のためにこんなに一生懸命に。ねえ」

店主は袖《そで》で涙をぬぐい、十蔵の家を教えてくれた。それはお種があとをつけて行った家とは、まるで違うところだった。

「ところで十蔵さんは、以前は武蔵屋さんで働いていたって聞いたんですけど、そうなんですか？」

「武蔵屋さん？　いやそんなことは言ってなかったね。最近上方《かみがた》から来たって言ってたよ。なんでも上方で商売をしくじったって」

「ああ、そうだった。前に武蔵屋で働いていたのは弥助さんだった。可哀想にねえ。あんなことになって」

「あんなことって？」

「知らないんですか？　弥助さんは殺されたんですよ。中村屋さんで」

「ええっ。そんなことがあったんですか？　恐ろしいね。武蔵屋さんと言えば、ここだけの話。左前《ひだりまえ》らしいね」

「左前？　あんな大きな店が、うまく行ってないのかい？」

「ええ。ほら、近頃クイナの声を聞かせる店がたくさんできただろう？　なかなか大変らしいね。そういえば十蔵さんも、中村屋を世話してくれって名指しだったな。だけど人殺しがあったんじゃ、これから中村屋さんも大変だねえ」

口入れ屋の主人は、さも気の毒だというように目を伏せた。

「武蔵屋さんの商売がうまくいってないなんて知らなかった。わからないものだね。あんな老舗《しにせ》がねえ」

お種は腕組みをして首を振った。口入れ屋でのなめらかな話しぶりに、お遥はちょっとお種を見直していた。さすがに女一人で長年八百屋を切り盛りしていただけはある。

「お種さん。嘘が上手《うま》いですね」

お遥がからかうように言うと、お種はニヤリと笑った。

「そう言うお遥ちゃんだって、身寄りのない可哀想な娘のお芝居《しばい》が上手だったよ」

二人は顔を見合わせてケラケラと笑った。

口入れ屋から聞いた十蔵の家というのを、一応確かめておこうということになって豊島町に向かっていた。

浅草橋を渡り、神田川《かんだがわ》に沿って伸びる柳原通り《やなぎわらどお》を歩く。名前の通りずらりと柳が植えられ、古着屋が軒を連ねている。

色とりどりの着物が下がった店を、若い娘や腰の曲がった老婆や、子供連れの夫婦者が冷やかして歩いている。物売りや荷車が行き交《か》い、たいへんな賑わいだった。

「ところでさ、伊織様は旅に出るって言ったのかい？」

「え？」

「ほら、中村屋にクイナの声を聞きに行ったんだろう？」

「うん。すごいお料理だった。それなのにあんなことがあって、とても残念だったわ」

「料理の話はいいからさ。伊織様はなんだって、お遥ちゃんをそんなとこに誘ったんだい？」

「あ」

お種の言うとおりだ。いくら伊織でも、中村屋の貸座敷は相当な費《つい》えだったはずだ。

「なにか大切な話があったんじゃないの？」

「さあ。旅に出るっていう話しかしなかったわ」

「ふーん」

お種は納得のいかない顔で前を歩く虚無僧《こむそう》の背中を見ていた。

口入れ屋から聞きだした十蔵の長屋は、やはりまったくのでたらめで、近所の人に訊いてもそんな人は住んでいないという答えだった。

十蔵の住まいは不忍池のそばの家に違いない。それでもう一度そこへ行き、十蔵のことを調べてみようということになった。

お種の言うとおり家は瀟洒《しようしや》な一軒家で、塀からは趣《おもむき》のある松が頭を出している。まわりの家も塀《へい》が高く、遊んでいる子供も立ち話をしているおかみさんも見あたらない。お遥たちが住んでいる平川町と違って、上品で近寄りがたい町だった。お種がその家のことを近所の人に訊けたのは運がよかったと言える。

少し離れたところに白い幟《のぼり》が、風にひらひらとはためいているのが見えた。

「あそこ、なにかしら」

「なんかの店かねえ」

行ってみると、そこは蕎麦屋《そばや》だった。

「あそこであの家のことを訊いてみましょうよ」

「そうだね。あっちこっち歩き回っておなかもすいたしね」

小さいが小綺麗な蕎麦屋で、三十歳くらいの店主が一人でやっている店だった。職人気質なのか、無駄口はきかず鍋《なべ》をかき回している。

「おまちどう」

盆に載った蕎麦を受け取り、さっそく箸をつける。

お遥とお種は思わず「美味しい」と声を上げた。

「おじさん。ここの蕎麦、美味しいね。一杯やりたくなっちゃうよ」

お種の口はここでも調子よくなめらかだ。

「そうですかい？　一本差し上げましょうか？」

お種につられたのか、主人も調子を合わせた。

「そうしたいけど、まだ仕事が残っているもんでね」

「姐《ねえ》さんはなんのお仕事を？」

「八百屋ですよ。払いの悪い客がいてね。取り立てに来たんだよ。ほら、あそこの変わった松を植えている家さ」

「晦日《みそか》でもないのに取り立てとはご苦労さんですね。よっぽど溜めてるんでしょうねえ。だけど、あそこはいけない」

「いけないっていうのは？」

「あの家はもとは両替商の伊勢屋《いせや》さんの別宅だったんですよ。それがちょっと前に空き家になったんですがね、あとに入ったのがごろつきどもで、よくわからない連中がいつもたむろしているんだよ」

「そこに十蔵さんっていう人がいますよね」お遥は訊いた。

「十蔵？　さあてねえ。名前までは知らないが」

「小柄で、年は四十くらい。顎《あご》が尖《とが》っていて頭の鉢が大きな」

「ああ、あいつのことかな。だけどあいつはそんな名前じゃなかったはずだがね」

その男がお種の店の代金を踏み倒したのだと思ったらしい。

「あの男は食わせものですよ。金は取れないかもしれないねえ」

「どうしてです？」

「普段は賭場《とば》を開いたりしてね。やくざの手先になって、大方ろくでもないことをやっているんだろうけど、近頃は粗末な縞木綿で、まるで堅気《かたぎ》みたいな顔をして決まった時間に出掛けて行くんだ。ちょっと前は、なにかの職人みたいな格好で道具箱を提《さ》げて歩いていたよ」

「もとは職人だったんですか？」

「違うよ。職人になりすまして、なにかを探っているようなんだ」

「へえ。そんな人とは……」

蕎麦屋を出て、「十蔵って、とんでもないやつなんだね」とその家を遠巻きに見ながらお種は言った。

「ほんとうにそうですね。中村屋でなにかを探っていたということかしら」

お遥には、それがあながち間違いでもないという気がした。武蔵屋の主人と十蔵が、秘密めいたようすで話をしていた姿を思い出してそう思った。

商売が傾いていた武蔵屋。

景気のいい中村屋。

繁盛している理由はなにかを、十蔵に探らせていたのではないだろうか。

わからないのは、もと武蔵屋の手代だった弥助を、中村屋が雇っていたのかどうかということだ。もしそうなら、なぜ中村屋の主人は弥助のことを知らないと言ったのだろう。

弥助はだれかに木槌で頭を殴られて死んだ。

いったいだれが……。

そこまで考えた時、お遥の頭にまとまりのない出来事が一つに繋《つな》がったように思えた。

「お種さん。私、ちょっとだけわかった気がする。お駒さんが下手人じゃないのだけは間違いないわ。お種さんは先に帰ってて。確かめたいことがあるの」

そう言ってお種とわかれ、お遥は奉行所へ向かった。

神田明神下《かんだみようじんした》から昌平橋《しようへいばし》を渡り、神田御門《かんだごもん》から大名小路《だいみようこうじ》にさしかかったところで、ばったりと伊織に会った。

「よう、どこに行く」

「御奉行所に」

「そうか。俺は今行ってきたところだ。お駒のようすが気になってな」

「お駒さんに会ったんですか？　どんなようすですか？」

「会ってはいない。だが相当に厳しく吟味《ぎんみ》されているようだが、まだ罪を認めないそうだ」

「そりゃあそうです。お駒さんは下手人じゃありませんから」

「お遥はずっとそう言っているが、そんな気がするってだけじゃだめなんだぞ」

「わかってます。私、わかったんです。弥助さんが殺された訳が」

「弥助が殺されたのは、お駒にしつこくつきまとっていたからと見ているぞ。中村屋の後妻に入るために弥助が邪魔になったと」

「いいえ、ぜんぜん違います。お駒さんと弥助さんは仲がよかったんです。弥助さんに中村屋の仕事を世話したのもお駒さんです」

「中村屋の仕事だと？　しかし中村屋ではみんな口を揃えて、弥助のことは知らないと言っていたぞ」

「はい。だから確かめたいことがあるんです。私の考えに間違いなければ、下手人はお駒さんではないことがはっきりします。それでお役人にもう一度調べて欲しいことがあって、これからお願いに行くところだったんです」

「なにを調べるんだ」

お遥は事細かに、自分の考えを話した。

十蔵が武蔵屋の主人と話をしていたこと。武蔵屋は商いがうまくいっていなかったこと。そして中村屋で聞いたクイナの声が、やはり少し変わっていたこと。

確かめて欲しいのは、遺体のそばに落ちていたのが、弥助を殴った木槌だけだったのかということだ。

「よしわかった。奉行所に戻って訊いてこよう」

お遥と伊織は足早に奉行所へ向かった。

表門の前で伊織は、「お遥はここで待っておれ」と言い置いて中に入っていった。

伊織が戻ってくるのを、今か今かと待っていた。時々門の中をのぞき込んで、番人に睨まれた。

伊織の姿が見え、「伊織様」と声を掛けようとして思いとどまった。伊織の後ろに数人の役人がつづいていたのだ。

「お遥、これから中村屋に行くぞ。おまえも一緒に来るんだ」

「はい」

奉行所の中でどんな話をして、どういうことになったのか訊きたいが、ここで伊織にあれこれ訊ねてはいけない気がして黙っていた。

中村屋に到着すると、役人たちは弥助が倒れていた場所に向かった。中村屋の庭と湿地の境目にある芝垣の内側に弥助は倒れていた。木槌もそこに投げ捨ててあったのだ。

「板きれのようなものがないか探してくれ」

伊織は手下の役人に命じた。

しばらくして、一番若い役人が、「ありました」と声を上げ、小さな板を掲げた。五寸（約十五センチ）四方、厚さは三分《ぶ》（約一センチ）の小さなものだ。遺体のそばに落ちていたとしても、だれも証拠の品とは思わないだろう。

「お遥、やってみろ」

伊織はその板と木槌を渡した。木槌は何者かが弥助を殴った木槌だ。お遥は双方の手に板と木槌を持って、ごくりとつばを飲み込んだ。

板に木槌を当てる。

こつんと乾いた音がした。

『違う。これじゃない』

力加減と当てる場所を変えて何度も試す。

こつん。こつん。こつん……。

打ちそこねて板の角を掠《かす》めた時、「クヒッ」という音が出た。

お遥を取り囲んでいた役人の間から、「おお」という声が漏《も》れる。

この音こそ、中村屋の客がありがたがって聞いていたクイナの声だった。

「店を改装した費えを取り戻そうと、こうやってお客を呼んでいたんですね。だから中村屋さんのご主人は弥助さんを知らないと言ったんです」

「中村屋で働いていた十蔵は、商売敵《がたき》の武蔵屋が送り込んだ間諜《かんちょう》と見ている。十蔵の動きは、このお遥が確かめてある」

伊織はお遥から聞いた話に、自分の考えを交えて事の次第を語った。

「……これによって、真の下手人は武蔵屋の主人と思われる。十蔵と武蔵屋の身柄を押さえて話を突き合せればはっきりするだろう」

伊織の号令で役人たちは、十蔵と武蔵屋を捕縛するためにばらばらと駆けだして行ったのだった。

「ありがとうね。お遥ちゃん」

お種はかなりあ堂に入ってくるなり、お遥の手を取って頭を下げた。お駒が無事に放免《ほうめん》となったことを言っているのだ。

捕縛された十蔵と武蔵屋は、厳しい吟味の末に洗いざらい話したという。

中村屋に客を取られ、店が傾きかけていた武蔵屋は十蔵を雇って探らせた。すると男がクイナの声を木槌と板とで鳴らしていることを知る。それを武蔵屋に報告すると、主人は自ら中村屋に忍び込んだ。十蔵のようなやくざ者を雇ったことを、だれにも知られたくなかったために、自分が行くしかなかったのだ。

だが、音を鳴らしている男が、以前武蔵屋に奉公していた弥助だとわかり、武蔵屋は我を忘れて激怒する。もともと弥助を辞めさせたのも、その働きぶりが気に入らないのと、なにかにつけて反抗的であるのを嫌ったからだった。

怒りのあまり弥助の木槌を奪い取って頭を殴りつけた。動かなくなった弥助を見て、我に返った武蔵屋は木槌を投げ捨て、逃げ出したのだった。

「お遥ちゃんのおかげで、お駒ちゃんの疑いが晴れたよ」

「ううん。お種さんがお駒さんの無実を信じていたからよ」

「大したものだねえ。お遥ちゃんもお種さんも、友だちの大事を救ったんだからさ」

ちょうど来ていた播磨屋の御隠居が感心したように言う。店の上がり口に腰掛け、杖の手元に両手を載せて、いつもの穏やかな微笑みだった。

「だけどさ、よく武蔵屋が下手人だってわかったね。普通に考えたらならず者の十蔵が一番怪しいじゃないか」

たった今、お遥と徳造から中村屋の事件の話を聞いていた御隠居は、不思議そうに首をかしげた。

「私も最初はそう思ったんです。でも偽《にせ》の声で客寄せをしてるってわかった時に、殺すつもりなら十蔵にやらせたんじゃないでしょうか」

「そうだよねえ」

お遥の言葉に、お種は深くうなずいた。

「だけど武蔵屋は、わざわざ自分で出掛けて行った……。武蔵屋はクイナの声を鳴らしている男を、自分の店に引き抜くために掛け合うつもりだったんです」

「なるほどねえ。偽物の声で客を呼び寄せようなんて、とんでもない店だよ。武蔵屋といえば古くからある大店だ。それが自分のとこも、そんなイカサマ商売をやろうとするなんて情けないねえ。商売人は正直でなくちゃあいけないよ」

御隠居《ごいんきょ》は商売人らしい実直な顔を見せてつぶやいた。

「お駒さんの具合はどうですか？」

お遥は、さっきから元気のないお種に訊いた。お駒は長屋に戻ってはきたものの、床《とこ》に就いているらしい。

「お園さんが面倒を見てくれているんだ。あたしも、もっといろいろとしてやりたいけど、商売もあるし遠いからねえ」

寂しそうな目をして、「人って変わるものだねえ」とうつむいた。

「苦労したんだろうね。平川小町なんて言われてた頃とは、ずいぶん変わっちまったよ。弥助と組んで後妻に入って、中村屋を乗っ取ろうとしてた、なんてしゃあしゃあと言うんだ。中村屋ももうおしまいだから、別の金づるを見つけるんだとさ」

お種が悲しそうにしていた訳がわかって、徳造も御隠居もしょんぼりしてしまった。

「人は変わるものさ」

御隠居は、男と駆け落ちをした娘のお滋のことを思い出しているのか、いよいよ切なそうな顔になった。

「あれ、その鳥。御隠居さん買ったのかい？」

御隠居の隣に置いてある鳥籠では、白いカナリアが止まり木を行き来している。お種は今気がついたようだ。

「そうなんだよ。カナリアが入ったから見に来ないかと言われてね。お遥ちゃんは商売が上手《うま》いよ。つい買ってしまった」

「じゃあ御隠居さんも卵を産ませるんだね」

「いいや、あたしはやらないよ。難しいからね。卵を産んでも孵らないなんて、悲しいじゃないか。このきれいなカナリアは眺めて、それから声を聞いて楽しむことにするよ」

白いカナリアは小首をかしげて御隠居のどんぐり眼《まなこ》を見上げた。御隠居は愛おしそうにカナリアをのぞき込む。溺愛《できあい》していたお滋の面影を白いカナリアに重ねているのかもしれない。お遥はそんなふうに思った。

第三話　百舌《もず》の速贄《はやにえ》

「もうすぐ十五夜《じゅうごや》だねえ」

お種は揚縁《あげえん》に座り、持って来た団子《だんご》を頬ばりながら、よく晴れた秋の空を見上げてしみじみと言った。

「忙しくなりますね」

お遥も一緒に空を見上げた。

十五夜には、どの家も薄《すすき》を飾り里芋《さといも》をお供《そな》えする。お種の店では里芋と一緒に薄も売る。近所の人のほとんどがここに買いに来るので、毎年お種の店はごった返すのだ。

「そうなんだよ。だから今のうちに、のんびりしておこうと思ってね」

「手伝いに行きましょうか」

そう言うと、お種はお遥の顔をじっと見返してきた。

「いや、いいよ。お遥ちゃんは十五夜は忙しいんじゃないのかい？」

「いいえ、うちはいつもと同じですよ」

「そうじゃなくてさ。今度は月見の舟遊びにでも誘われるんじゃないの？」

「誘われる？　だれにですか？」

「ああ、もう。じれったいねえ。伊織様だよ」

お種は足をどすんと踏み鳴らした。

「どうして伊織様が舟遊びに誘うんですか？」

「だって、この間はクイナの声を聞きに行ったんだろう？　高級な店に。それで旅に出るって言ったんだね」

「ええ、そうおっしゃいました」

「それで？」

「それで……。　さあ？」

「ほらね。話には続きがあるのさ」

「どんな続きが？」

「それはだね……」

徳造が二階から下りてきた。

「お遥、ちょっと出掛けてくるよ。あ、お種さん、いらっしゃい」

「お団子食べて行きなよ」

「せっかくだけど……。すみませんね」

徳造は申し訳なさそうに頭を下げた。

「急いでるのかい？」

「いえ、そういう訳ではないんですが」

「このお団子すごく美味しいよ。ほら」

お遥が皿から串団子を一本持ち上げると、みたらしの餡《あん》がとろりと落ちた。

「ええっと、ほら。出掛けるんで……」

徳造は風呂敷包みを、若い娘のように胸にぎゅっと抱いて出て行ってしまった。

「出かけるんで団子はいらないって、どういうことなんだい？」

「さあ」

お遥は首をかしげた。

「餡で着物が汚れたら困るからかしら」

「ははは。徳さんがそんなこと気にするわけが……」

お種は、「あ、そういえば」と急に真顔になった。

「そういえば、近頃、さっぱりしているよね。徳さんの身なりが」

「そうなんですよ。床屋《とこや》だって、前は私が言わなきゃ行かなかったのに、自分からちゃんと行くようになったんですよ」

そんな話をしていると、徳造が戻ってきた。

「御屋敷からのお迎えの駕籠が来たよ」

「ええっ、平岡様の？　変ねえ。御屋敷に行くのは明日だったはず」

そうこうしているうちに、いつもの切棒駕籠がかなりあ堂の入り口についた。

徳造は持っていた包みを置いて、お遥がはずした襷《たすき》と前掛けを受け取った。徳造は出掛けるのを諦めたようだ。少し悲しそうな顔をしている。

「ほら、待たせちゃいけないよ」

「それじゃあ、行ってきます」

お遥が店を出ようとすると、お種が慌てて懐《ふところ》から懐紙《かいし》を取り出した。

「ほっぺに餡がついてるよ。それに手もベタベタじゃないか」

子供のようにお種に拭いてもらい、ようやく駕籠に乗ったのだった。

御居間に通されると、そこにはお方様のほかに屋敷の家人《けにん》らしい侍《さむらい》がいた。御普《ご ふ》請奉行《しんぶぎょう》の榊原太右衛門《さかきばらたえもん》だという。

「お遥、喜べ。お屋形《やかた》様が花鳥庭園を作ることをお許しくださったぞ。これからはここにおる榊原とよく相談するように」

それからお方様は侍のほうへ向かって、「榊原、この者が飼鳥屋のお遥じゃ。妾《わらわ》の意向はすべてこの者が心得ておるでな」と言った。

榊原は、「ははっ」とかしこまって頭を下げた。

「お屋形様はさっそく孔雀《くじやく》を手に入れる算段をしてくださるそうじゃ。孔雀は何羽であったかのう?」

お方様は興奮し、頬を紅潮させていた。

お遥も胸の動悸《どうき》がおさまらなかった。

孔雀が空を飛ぶ花鳥庭園などは夢物語で、その夢物語のお話相手に自分が選ばれたと思っていた。実現しなくても、それはそれでいいのだと。運良く鳥を飼える庭をつくれたとして、数羽の小鳥を飼うくらいなものだろうと思っていたのだ。

「お方様、お庭はどのあたりにつくるのですか?」

「黄金池じゃ。あの池のそばに孔雀用の小屋を建てて、池全体を孔雀の遊び場にするのじゃ。孔雀だけではないぞ。水鳥もたくさん遊ばせよう」

お方様はまた夢見るような目になった。夢物語が一歩現実に近づいたのだから無理もないが、いつまでも夢のような話を語るだけではいけないと気付かないらしい。

お遥はそばに控えている榊原を見た。視線を畳の上に落とし、感情の読み取れない顔をしている。

『そうか。これからは私とこの榊原様とで、庭園の実現に向かって現実的な話をしていかなければならないのだ』

お遥は、きゅっと心《しん》の臓《ぞう》が縮むような気がした。

「孔雀の小屋がどのくらいのものになるにせよ、初めは番《つがい》で二羽飼うのがよろしいのではないでしょうか。それに、孔雀の世話をする者が必要かと思います。できればこれまでにやったことのある者を」

高価で希少な孔雀だ。万全の体制で飼育しなければならない。

「そうじゃな。飼育する者を探すのは、お遥にまかせたぞ」

「はい」

そう言って頭を下げたが、口の中がカラカラに渇いていた。

「榊原様、御普請はいつごろから始めるのでしょうか」

榊原は薄目を開けて、ちらりとお遥を見た。

「お屋形様は来年の春には開園したいと仰《おお》せでござる」

「そうじゃな。桜もたくさん植えて、花見もできたらよいな」

お方様の声がいよいよはしゃぐにつれて、お遥の心は重圧で苦しくなっていく。

『お方様のお気に召すような庭園にできるだろうか』

掛かりのことや人足の手配など、この榊原がやるのだろうが、様々な制約の中で意に沿わないものになってしまうかもしれない。

「榊原が今日、挨拶に来るというので、お遥にも急遽《きゆうきよ》来てもらったのじゃ。顔合わせができてよかったのう」

やはり今日は御屋敷に来る日ではなかったのだ。

お方様はお琴《こと》のお稽古の時間だとかで出て行った。部屋には榊原とお遥、そして二人の女中が残った。

女中とは、もう顔なじみであった。だが厳《いか》めしい榊原と向き合うのは、ひどく気骨《きぼね》が折れた。榊原は普段は愛宕下広小路《あたごしたひろこうじ》の上屋敷で政務を執っている。それでどの日にここで打ち合わせをするかを、まずは決めなければならないのだった。

榊原との話がおわると、お遥はぐったりと疲れてしまった。

中庭に行き白オウムの梅吉に会いに行く。

梅吉はお遥を見ると大きく羽ばたきをして歓迎してくれた。だが梅吉の胸の毛は相変わらずまばらだった。飼い主のお方様に可愛がってもらえないので、寂しさから毛を抜いているのだ。

「梅吉、元気だった？」

懐から梅吉の好物の豆を取り出して食べさせた。目を細めて美味しそうに食べる姿は、以前のとおりだが、やはり毛が抜けて赤膚《あかはだ》が出ているのが痛々しい。

「お遥さん、いらっしゃい」

振り向くと信吾がにこにこして立っていた。手には藁束《わらたば》を持っている。梅吉の小屋の敷き藁を取り替えるのだろう。

「信ちゃん。仕事は慣れた？」

「はい。おかげ様で」

お遥は心の中で、「まあ、私より大人だわ」と舌を巻いた。

「梅吉はあれを忘れた？」

信吾は顔を曇らせて首を横に振った。まずいことに、お方様の顔を見ると竹丸様を思い出すようで、相変わらず「タケマルサマー」とけたたましく名前を呼ぶらしい。

「新しい言葉をいろいろ教えているのですが、あのお名前は忘れてくれないのです」

新しく覚えた言葉を披露すると言って、梅吉に向かって、「子曰《しのたま》わく」と始めた。

するとと梅吉がそれに合せて喋り始めた。

「マナビテシコウシテトキニコレヲナラウ。マタヨロコバシカラズヤ」

「ええっ」

お遥は驚きと可笑《おか》しさとで吹き出してしまった。

「論語《ろんご》を素読《そどく》するオウムなんて、日本中どこを探してもいないわ。それに信ちゃん、あなた誰に習ったの？」

「お佐都《さと》さんです。暇がある時に手習いと算盤《そろばん》も教えてくださいます」

「そう。よかったわね」

とそこへ、当の本人が現れた。

ひととおりの挨拶をすると、信吾と梅吉が論語を素読する話になった。

「そうなの。信ちゃんも梅吉もとっても覚えがいいのよ」

オウムと同列に扱われて気を悪くすることもなく、信吾は梅吉と一緒に拍子を取りながら、おどけた踊りを踊っている。

「ふふふ、近頃はこうやって二人でよく踊るの。梅吉はこれから良くなるんじゃないかという気がするわ。信ちゃんとこうやって一緒に遊んでいる時は、とても楽しそうですから」

そう言うお佐都も、以前よりも頬がふっくらして元気そうだ。

いろいろなことが少しずつ良くなっていく。

平岡家を辞し、駕籠に揺られながら、お遥はそう思った。


「モズの高鳴き七十五日《しちじゅうご》、か」

松崎忠左衛門《まつざきちゅうざえもん》は白い碁石《ごいし》を指に挟《はさ》んだまま、庭のほうへ顔を向けた。

障子は閉まっているが、モズの「キーイ、キーイ」という不吉な高い声が聞こえ、思わず声のするほうを向いた。そういえばモズが高く鳴いた日から数えて七十五日目に霜《しも》が降りるという言い伝えを思い出し、モズの声に一瞬脅《おび》えた自分を笑ったのだった。

忠左衛門は今年七十八になる。松崎家は代々、書物《しょもつ》同心として奉職している。一度は息子に家督を譲り隠居した。だが息子の死で再び御城勤めの身となった。

あれから二十年、よくも今日まで働いてきたものだと思う。七年ほど前に心の臓を患ったが養生《ようじょう》に努め、どうにか持ちこたえている。だが寄る年波には勝てず、春先にひいた風邪をこじらせ今日まで恩情によりお勤めを休ませてもらっている。はやく復帰したいものだと気ばかりが急《せ》くのだった。

庭でまたモズが激しく鳴いている。今度はバサバサという羽音も聞こえ、ただならぬ気配である。

忠左衛門は立ち上がって障子に手を掛けた。その時、モズの声とは違う鳥の声が絶叫のように響いた。

障子を開けると梅の木からモズが飛び立って行くのが見えた。

羽毛が、夕日の中で舞っている。

梅の小枝になにか黒いものがある。草履《ぞうり》を履《は》いて近づくと、それは雀だった。心の臓を枝に貫かれ、仰向けに天を向いている。華奢な足が、何かを掴もうとするかのようにまだ動いていた。

瀕死の雀を見た時、忠左衛門の胸がズキリと痛んだ。思わず胸を押さえてしゃがみ込む。息を整えどうにか立ち上がると、お早代がちょうど部屋に入って来たところだった。

「お祖父さま、お茶を持ってきました」

「ああ、ありがとう」

急いで部屋に上がり障子を閉めた。

「お祖父さま、お顔の色が悪いですね」

「大丈夫じゃ。あの薬がよく効いてな。ほれ、徳造さんが取り返してくれた薬じゃ」

「取り返してくれたのは、徳造さんじゃなくて妹のお遥さんですよ。盗人は早飛脚《はやびきゃく》並みに足が速かったのですけれど、簡単に追いついて取り返したのです」

前に聞いた話と違う気がしたが、「頼もしい妹さんだな」と返事をしておいた。

あれから徳造は、時々やって来るようになった。オウムの餌を持って来た、というのは口実で、実はお早代に会うためなのは知っている。

「葛湯《くずゆ》を作りますね」

とお早代は立ち上がった。

「いや、大丈夫じゃ。すぐに良くなる」

「だめですよ。風邪は引き始めと治りかけが肝心なのです」

まるで子供に言い聞かせるように言うので、忠左衛門は笑ってしまった。

お早代が部屋を出て行くと、「あの小さかったお早代が」と目頭が熱くなる。母と父を幼い頃に相次いで亡くしたお早代を、忠左衛門は必死になって育てた。その甲斐《かい》あってお早代は美しく優しい娘に育ってくれた。

だが、お早代が十八になったばかりの七年前のことだった。入り婿《むこ》の話が舞い込んできた。忠左衛門の朋輩《ほうばい》の遠い親戚だった。願ってもないことと、一も二もなく決めてしまった。

それが間違いであったと気付いた時には遅かった。婿はお早代や忠左衛門を蔑《ないがし》ろにし、放蕩三昧《ほうとうざんまい》だった。忠左衛門が諫《いさ》めると、腹いせにお早代に殴る蹴るの乱暴を働くのだ。

一年ほどで婿には暇《いとま》を出し離縁したのだが、お早代の心の傷は今もって癒《い》えていない。

この七年のあいだに何度か縁談はあったが、お早代は頑《がん》として首を縦に振らない。自分の代で家が途絶えるのは辛いことだが、もはやそれは諦めていた。ただ自分があの世に行ったあと、お早代が一人きりになってしまうのが、なんとも切なく心配でならないのだった。

忠左衛門は立ち上がり隣の居間に行く。オウムの翠雲《すいうん》の籠をそろそろ中に入れてやらなければならない。居間の縁側は家の中で一番日当たりが良く、庭の木にたくさんの小鳥が集まるので、翠雲も退屈しないだろうと、天気のいい日の定位置になっていた。

「どうだ、翠雲。猫なんぞは来なかったか？　モズは来たが、おまえは大丈夫だな。モズには負けないだろう」

「ダイジョウブジャ」

翠雲は鮮やかな緑色の羽を少し広げて胸を張り、大きく首を振りながら言う。

「そうかそうか。よい子だのう」

籠を持ち上げようとした時、お早代が庭に出てきた。こちらを見て、「夕餉《ゆうげ》にはお粥《かゆ》を炊きますので、三つ葉を」と通り過ぎる。

「そうか。済まぬな」

自分のためにわざわざ粥を炊いてくれるらしい。忠左衛門が勤めを休みがちである上に、薬代がかさみ、小者《こもの》も女中も置いていない。家事はみな、お早代がやっていた。

「あ、いかん」

忠左衛門は慌てて庭に下りた。三つ葉があるのは梅の木の下だった。お早代を止める暇もなく、「きゃっ」という悲鳴が聞こえた。

「お早代、大丈夫か」

お早代は両手で口を押さえ棒立ちになっていた。

肩を抱いて縁側に座らせる。

「水を持って来てやろう」

「大丈夫です。ちょっと驚いただけです。モズの速贄《はやにえ》ですね」

「ああ、むごいことだ」

まだ生きている雀をお早代が見なくてよかった、と忠左衛門は心の中でつぶやいた。

「雀はどうしましょう。あのままですか？　せめて枝から取ってあげられませんか？」

「そうしてやりたいが、どうもわしは……」

胸を貫かれた雀と自分が重なって、どうにも再び雀のそばには寄れないのだった。

「そのうちにモズが食べに来るだろう」

お早代は、「ああ」とため息をついた。

「こんな時に徳造さんがいてくれたら……」

「そうだな。あの人なら雀を枝からはずして庭の隅にでも埋めてくれるだろう」

お早代がもう一度ため息をついた。

徳造がオウムの餌を持って松崎家を訪ねると、お早代が飛ぶようにしてやってきて、「徳造さん、お待ちしておりました」と手を握った。

こんなことは初めてなので、徳造は感激のあまり慌てふためいて、「待っていてくださったなんて嬉しいです」と言うところを、「待っててくださ、さ、ささって……」とまったく意味のわからないことを言ってしまった。

大汗をかき真っ赤になっている徳造を居間に通し、お早代はお茶を持って来た。

「徳造さんにお願いしたいことがあったのです」

「ああ、そうですか」

さっきの熱烈な歓迎はそういうわけだったのかと納得した。それでもがっかりするどころか、こんなにお早代にあてにされていると思うと、よけいに嬉しかった。

「お早代、お早代。徳造さんがみえたのかい？」

奥の方で忠左衛門の声がする。

「お祖父さまは床についておりますの」

お早代に促され寝間に行くと、忠左衛門は半身を起こして徳造を迎えた。

「お祖父さま、寝ていなくてはだめですよ」

お早代は忠左衛門の後ろに回って寝かそうとする。

「いや、大丈夫じゃ。徳造さんの顔を見たら元気になった」

「お風邪をぶり返しましたか？」

春にひいた風邪がなかなか治らないと聞いていた。徳造が何度か訪れた時には、寝込んでいるなどということはなかったので、悪くなったのだろうか。

「まあ、そういうことだ」

と忠左衛門は言葉を切って、「昨日、見舞いにもらった羊羹《ようかん》があるだろう。徳造さんにお出ししなさい」とお早代に言いつけた。

「はい。それでは切ってきますね」

お早代が部屋を出て行くと、忠左衛門は声をひそめて話し始めた。

「風邪ではないのだ。あれを見てから心の臓が、どうにもいけなくなった」

「あれとは」

徳造もつられて小さな声になる。

忠左衛門が言うには、庭の木にモズの速贄を見つけてからだという。お早代が心配するといけないので、風邪がぶり返したということにしているが、この胸の苦しさは七年前に患った病とそっくりだという。

「雀の胸に枝が刺さっておって、まるでわしの胸に刺さったような痛みを感じるのだ。もう長くないのだと天に言われている気がしてならないのだ」

「そんな、まさか。気のせいです。気のせいに違いありません」

忠左衛門は寂しそうに力なく笑った。

「そうなんだよ。こんなに気弱になるなど、まったく年のせいじゃ。そこで徳造さんに頼みがある。雀を梅の枝から取って、どこか庭の隅にでも埋めてはもらえないだろうか。わしは、あの雀を触るどころか見ることもできん。いや、あそこで枝に刺さっていると思うだけで胸が苦しくなるのじゃ。情けないことだ。お早代も怖くて触れないというし、どうか頼まれてくれないだろうか」

「お安い御用ですよ。呼んでくだされば、すぐに来ましたのに。いつでも遠慮なく呼んでください」

「ああ、ありがたい」

お早代が羊羹を持って入ってきた。

「徳造さんが、あれを取ってくれるそうだ」

「そうですか。よかった。お祖父さまは寝付いていますし、私は気味が悪くて触れませんの。とても困っておりました」

「徳造さんは、いつでも呼んでくれと言っておるぞ。だから、わしが言ったであろう。徳造さんならきっと二つ返事で引き受けてくれると」

つやつやと光る美味しそうな羊羹を、勧められるままに食べようとして、徳造は思いとどまった。

「先に雀を埋めてきます。そのほうが美味しくいただけると思うので」

徳造は表から庭へまわり、梅の木に梯子《はしご》を掛けた。雀はまだそれほど干からびてもおらず痛々しい。まぶたが閉じていたのは救いだが、胸から鋭い枝が突き出ているのは、忠左衛門でなくとも胸が痛くなる。外しにかかると、塀の向こうを通りかかったおかみさんが立ち止まって、徳造を見上げている。どんぶり鉢を小脇に抱えているので、豆腐でも買いに行くところかもしれない。

「その雀、やっと下ろしてあげるんだね。ここを通るたんびに、可哀想だなって思ってたんだよ」

横を通り過ぎた職人風の若い男も、おかみさんの言葉にうなずきながら歩いていった。どうやらこの雀は、近所の人たちの噂になっていたようだ。

梯子から下りるとお早代が待っていた。用意してくれた藁苞《わらづと》に雀を入れ、二人で塀の際《きわ》に穴を掘って埋め、手を合せた。

「ありがとうございます。こんなことをお願いしてしまってすみません」

「とんでもない。あたしにできることでしたら、なんでもしますよ。火の中水の中です。あ、でも火の中は無理です。……水の中も。泳げないので」

「まあ」

お早代が輝くような笑顔で笑ってくれたのが嬉しかった。本当に火の中でも水の中にでも、お早代のためなら入れる気がした。

居間に戻ると、忠左衛門が起きていた。

「お祖父さま、寝ていなくていいのですか？」

「大丈夫じゃ」

するとオウムが、「ダイジョウブジャ」と真似をする。

「雀を葬《ほうむ》ってもらったら、なんだかすっかりよくなった気がする。さ、みんなで羊羹を食べよう。雀の供養じゃ」

オウムは一度しゃべり出すと止まらないのか、「ダイジョウブジャ」を連呼したあと優しげな女の声で、「オサヨ、オサヨ」と繰り返す。

忠左衛門とお早代が懐かしそうに微笑む。

「私の母の声なんです。私が三つの時に病で亡くなったのですが、翠雲はいまだに忘れずに、こうやって呼んでくれるんです。母のことはなにも覚えていないのですが、翠雲のおかげで寂しい思いをしませんでした」

「まだ若かったのに、なあ」

忠左衛門は心《しん》から悲しそうに言った。

「おいくつだったんですか？」

「二十三じゃった。よく気がつく優しい嫁だった。お早代は母親似じゃ」

翠雲はお早代の母、友栄《ともえ》が嫁入りの時に一緒にやってきたという。友栄が子供の頃から、まるで姉弟《きょうだい》のようにして育ったのだ。

「友栄が死んだ時には、それはもう大変な悲しみようで見ていられなかった。鳥にも人の死の意味がわかるのだと思うと哀れでなあ」

その後、何年もしないうちに、今度は息子の忠一郎《ちゅういちろう》が流行病《はやりやまい》に倒れた。病の床で、忠一郎は翠雲のことを頼んだという。

「翠雲のことを頼む、と何度も何度も言うんじゃ。わしの手を握ってな」

「私、覚えていますよ。父はオウムのことばかり言うんです。娘の私よりもオウムが大事なのかしら、って思いました」

「それはじゃな、お早代」

「知ってます。翠雲が母とそっくりの声で私の名を呼ぶので、私のために翠雲が長生きできるよう頼む、という意味だったのですよね。大きくなってからわかりました」

忠左衛門はうなずいた。

「わしは忠一郎に誓った。どんなことがあっても翠雲よりも長生きをするとな。お早代のためにじゃ。……しかし、なあ」とため息をつく。

「翠雲がこんなに長生きをするとは思わなんだ」

三人が思わず翠雲を見ると、注目されたのがわかって、「オサヨ、オサヨ。ヨイコデスネエ」と話し始めた。

オウムは鳥の中では長生きで、短くて三十年。長生きするものでは八十年近くも生きるらしい。

「息子との約束だからな。わしは絶対に翠雲よりも先には死なぬぞ」

忠左衛門は握りこぶしを膝の上でトンと突いた。お早代を一人にはしない、という決意なのだろう。

お遥は両国《りょうごく》の花鳥茶屋に向かっていた。以前、徳造と一緒に行った時には大きな鳥籠に孔雀がいた。今もいるだろうかと不安になりながら、木戸銭を払い中に入る。左手の店の間では若い夫婦者がお茶を飲み、葛餅《くずもち》を食べていた。右手は広い庭になっていて、鳥籠が並んでいる。客の姿がちらほらと見えるだけで、あまり混んではいなかった。

お遥は竹床几《たけしょうぎ》の間を縫《ぬ》って庭へ出た。

カンムリバトや白オウム、ショウジョウインコなど美しくて珍しい鳥が籠に入れられ並んでいる。キンケイは少し大きな籠に番で入っていた。

鳥籠の中を一つ一つ覗《のぞ》きながら、一番奥まで来ると孔雀の籠があった。九尺（約三メートル）四方の巨大な籠だが、孔雀には窮屈そうに見える。緑色に輝く立派な飾り羽。気品のある立ち姿は記憶の中の孔雀よりも、一層美しかった。

お方様に見せてあげたい。お遥は痛切にそう思った。

平岡家の庭に花鳥庭園を作れば、お方様はいつでも好きな時に孔雀を見ることができるのだ。

お遥は時間を忘れて孔雀に見入っていた。どれだけ見ても飽きなかった。孔雀は鳥籠の中を歩き回って羽繕いをしたり、地べたをつついたりしていた。

店の奉公人らしき男が桶《おけ》を抱えてやってきて、孔雀の籠の中に入っていく。どうやら餌の時間らしい。青菜《あおな》らしきものは見えるが、ほかになにが入っているのかよく見えない。

「あのう、孔雀はなにを食べるんですか？」

駕籠から出てきた男に訊いた。男は蕎麦屋の出前持ちか職人のような格好で、とても孔雀飼いの玄人《くろうと》には見えない。

「孔雀の餌かい？」

なんでそんなことを知りたいのだ、というように面白そうな顔をする。

「麦と稗《ひえ》と粟《あわ》。それから菜種や糠《ぬか》を混ぜることもある。時々、ミミズやコオロギをやるね」

「それじゃあ、鶏と同じですね」

お遥はびっくりして問い返した。あの優美な孔雀が鶏と同じ物を食べるのが驚きだった。

「そうだよ。鶏とおんなじだ。孔雀は丈夫な鳥でね。育てやすいんだ」

「へええ」

口を開けて感心しているお遥に、「孔雀を飼う気でいるのかい？」と笑った。

男が行ってしまうと、お遥は籠にかじりついて、孔雀が餌を食べている姿に見入った。鶏と同じように丈夫で飼いやすいのなら、なにも専門に飼育する者を雇うこともないだろう。

日常の世話なら信吾でもじゅうぶんに務まるだろう。

お遥は足取りも軽く花鳥茶屋をあとにした。はやくお方様と信吾にこのことを伝えたい。御屋敷に次に行くのは三日後だ。その日が待ち遠しい。次回は庭師を交え、どのような庭園にするか大まかなところを決めることになっている。

お遥も自分なりの考えを絵図にしてあるが、どんな鳥をどのくらい飼うことになるのか、お方様はどこから鳥をご覧になるのか、市中の人々はどこを歩いて鳥を見るのか、などもっと具体的に考えなければならないことがたくさんある。

『絵図をもう一度描き直しておかなければ』

お遥の足は自然とはやまった。

両国橋のたもとに人だかりができている。その中心には折烏帽子《おりえぼし》に狩衣《かりぎぬ》を着た、四十くらいの男がいる。見たところ鹿島《かしま》の事触《ことぶ》れのようだ。その年の吉凶や天変地異の予言を、鹿島大明神《だいみょうじん》の神託として触れ歩く神官だ。今も声高に、今年は悪い風が吹いて老人と子供が大勢死ぬだろう、などと不吉なことを言っている。

話を聞いていた人たちは男から守り札を授かろうと、先を争って銭を差し出していた。

しかし鹿島の事触れなら正月に来るものと決まっている。

なぜこの時季に。

お遥は小首をかしげた。

お遥がメジロに水浴びをさせていると後ろから、「ごめんくださいまし」という遠慮がちな女の声がした。

聞き覚えのない声だ。常連ではなく新しい客に違いない。常連客は、こう言ってはなんだが冷やかしに来て、お喋りをするばかりなのだ。新顔の客なら鳥を買うことが目的に違いない。

お遥は振り向きざまに、「いらっしゃいませ」とつい大声を出した。女はお遥の声に驚いたのか胸を押さえて一歩後ろに下がった。武家の女で地味な白茶《しらちゃ》の子持《こも》ち縞の着物をきている。島田髷《しまだまげ》を結《ゆ》っているので嫁入り前なのだろうが、二十歳《はたち》はとうに超えて三十近いように見える。だが色白で品がいい。一重まぶたの目が少しつり上がっているが、知的で優しそうな面立ちだった。

「鳥をお探しですか？　どんな鳥がよろしいですか？」

「ごめんなさい。小鳥を買いに来たのではないのです」

「ああ、そうですか」

お遥はあてが外れてがっかりしたが、顔には出さず、女が用件を切り出すのを待っていた。

「あなた、お遥さんですよね」

女は親しみを込めて微笑んだ。

「はい、そうですが……」

「徳造さんから聞いていたとおりの可愛らしいかた。先日はありがとうございました。祖父の薬を取り返していただいて」

「ああ、あなたがお早代さんですか？　お噂は兄から聞いています」

お遥は「どうぞどうぞ」と遠慮するお早代を店の間に上げ、「兄さん、お早代さんがお見えになりましたよ」と裏口に向かって声を張り上げた。

裏口で、ガラガラガシャンとなにかが倒れる音がした。そのあとで真っ赤な顔をした徳造がのそのそとやって来た。

「あ、どうも……。ええっと、あのう……」

「兄さんも上がって。ほら、ここに座って」

お遥はお早代の向かい側を、パンパンと叩いた。

「ああ、いやあ。あたしはここで」と土間に突っ立っている。

「なに言ってるの」

徳造の手を引っ張って、無理矢理お早代の前に座らせた。

お遥がお茶を持ってくると、お早代は突然の訪問の訳を話しているところだった。

「……それで、その人が家に居着いてしまったのです。お祖父さまはその人のことをすっかり信じてしまって、時々お金も渡しているようなのです」

「松崎さまがそんな男に簡単に騙《だま》されるなんて、ちょっと信じがたいですね」

徳造は眉間《みけん》に皺《しわ》を寄せ腕組みをした。

その男は常州《じょうしゅう》からやってきた願人坊主《がんにんぼうず》だという。世の中をよくするためにもっと力のある祈禱師《きとうし》の弟子にしてもらおうと、日夜探し回っているというのだ。

忠左衛門はその心意気にいたく感心して、寝食の世話を申し出たらしい。

「一度、お祖父さまと話をしていただけないでしょうか。私には大丈夫だと言うばかりで、詳しい話はしてくれないのです」

「わかりました。明日にでも行って話してみましょう」

「よかった」

お早代は、ぱっと華やいだ笑顔になって礼を言った。

徳造がこんなふうに頼りにされているとは意外だった。今の徳造は、お遥から見ても頼もしく感じる。

「そうだわ」

お早代は胸の前でぽんと手を合せた。

「お遥さんも一緒においでになりませんか？　実を言うと、私があんまりくどくどと言うものですから、お祖父さまがちょっと警戒しているのです。徳造さんがお一人でいらしたら、勘《かん》ぐってしまうかもしれません」

「勘ぐるって、兄さんがお爺さまを説得するとか、そういうことですか？」

「はい。なにかというと私が徳造さんを頼りにするものですから」

お遥は感心して徳造の横顔を見つめた。いつもの優しくて控えめな徳造には違いないのだが、どことなく雰囲気が違っている気がする。

「お遥さんとお二人で遊びに来た、ということにしていただいてさりげなくお祖父さまから聞きだしていただけませんか？　どうしてあのような男を信用してしまったのか」

徳造は決めかねているようだが、お遥は一も二もなく賛成だった。松崎家で飼っているオウムのことは、常々徳造から聞いていて会いたいと思っていたし、お早代さんのお祖父さまという人にも会ってみたかった。それに松崎家を不安に陥れている男の顔を見てやりたかった。

お早代は夕食をご馳走してくれるという。

徳造が「そんなお気遣《きづか》いはいりません」と断る言葉に被《かぶ》せて、お遥は「ありがとうございます」と満面の笑みで返事をした。

「お遥、そんな……」

徳造は赤面して、遠慮のないお遥を押しとどめようとオロオロする。

そんな兄妹に、お早代は目を細めて微笑んでいた。


松崎家は四谷伊賀町《よつやいがまち》にある。徳造はいつものように手土産のオウムの餌を懐に入れている。お遥はお種の店で買った薄を持っていた。

四谷御門を抜けて西念寺横丁《さいねんじよこちょう》に折れ、少し行けば西念寺の裏手に似たような質素な武家屋敷がいくつも並んでいる。その真ん中あたりにあるのが松崎家だ。西念寺の鬱《うっ》蒼《そう》とした木立のせいで、空はまだ明るいのに日暮れのような暗さだった。

徳造はお遥とともに忠左衛門の前で手を突いた。

「本日はお招きいただきまして、ありがとうございます。これが妹の遥でございます」

「お初《はつ》にお目にかかります。兄がいつもお世話になっております」

徳造がいつになくしゃちほこばった言い方をしたせいか、お遥もすまし顔で頭を下げた。

忠左衛門は前に会った時よりも、少し顔色がいいようだった。徳造は少し安心して訊ねた。

「お加減はいかがですか？」

「うむ。なんとか生きておる」

冗談を言うくらいには元気になったようだ。

忠左衛門はお遥を見て、まるで孫でも見るように目を細めた。

「こちらが、わしの薬を盗人から取り返してくれたお遥殿か。その節はありがとう。おかげで助かったよ」

「いいえ」

お遥は真っ赤になってかぶりを振った。どんな時も物怖《ものお》じしないお遥が、めずらしく緊張しているようだ。

「お遥、台所でお早代さんの手伝いをしておいで」

「はい」

お遥は忠左衛門に一礼して、台所のほうへ駆けて行った。その後ろ姿が、なんだかほっとしているようだった。

忠左衛門はいつものように、他愛のない世間話を始めた。話に相づちを打ちながら、松崎家に居着いてしまったという男のことを考えていた。今は不在のようだ。その男のことを訊きたいが、お早代が言うようにこちらから切り出しては、忠左衛門がへそを曲げるかもしれない。

この実直で賢い忠左衛門を騙《だま》してしまうとは、どんな男だろうと徳造は考えていた。

台所ではお早代が汁物の味見をしているところだった。栗ご飯も牛蒡《ごぼう》と人参《にんじん》の煮物もできあがっていて、あとは盛り付けをするばかりだという。

台所に行くようにと徳造に言われ、お遥はほっとしていた。忠左衛門は優しい声音で話しかけてくれるが、どうしても自分の顔がこわばるのを止められなかった。忠左衛門の厳《いか》めしい顔もさることながら、厳しい人生の来し方がどこからともなく自然に滲《にじ》み出てくるものと思われた。

笑顔を作ろうとすればするほど、頬が引《ひ》き攣《つ》る感じがする。その顔がどんなふうに忠左衛門に見えているかと思うと気が気ではなかったのだ。

お早代と一緒に料理を盛り付けたあと、お遥は忠左衛門の膳を、粗相がないようにと細心の注意を払って運んだ。

忠左衛門は運んできたお遥に、「うむ」と顎《あご》を引いた。たぶん忠左衛門にとっては精一杯の優しさの籠もった謝意なのだろう。だがお遥には怖いお爺さんに変わりはなかった。

上座《かみざ》の忠左衛門、その前にお早代と徳造が向かい合って座り、お遥は徳造の隣に座った。

お早代が用意してくれた膳は質素だけれども、心のこもった懐かしい味がする。

お遥が意外に思ったのは、松崎家では食事をしながらお喋りをすることだ。忠左衛門の厳めしい顔つきからしても、御武家様らしく無言で食事をするものと思っていた。

始めこそお遥は箸の上げ下ろしが、ぞんざいにならないように気を遣っていたが、栗ご飯をお代わりする段になって、すっかり気持ちがなごんだ。

「お遥さんは栗ご飯がお気に召したようですね。まだまだありますから、たくさん食べてくださいね」

お早代が嬉しそうに微笑んで言うので、お遥もつい調子に乗って、「はい。こんなに美味しい栗ご飯でしたら、五膳は食べられそうです」などと言ってしまった。

忠左衛門とお早代は声を上げて笑い、徳造は赤面していた。

「お遥殿はたいそう足が速いそうだね」と忠左衛門。

「速いというほどでもないんですけど、まあ、足には自信があります」

ようやくいつものお遥になり、口もなめらかになった。

「小鳥を追いかけて捕まえるのも上手なんですよね」とお早代。徳造から聞いたらしい。

追いかけて捕まえるわけではなく、とりもち竿《ざお》や網《あみ》で捕まえるのだが、とりあえず「はい」と言っておいた。

話は例の雀合戦の日のこととなり、忠左衛門とお早代から改めて礼を言われた。

「それにしても、その盗人は可哀想だね。今も行方はわからないのかな」

忠左衛門は額の皺をさらに深くした。

「はい。たぶん父親とどこかへ逃げたのだと思います。髪の毛も伸ばしているといいのですけれど」

父親に簪は買ってもらえただろうか。父と娘が逃げているとすれば、江戸にはいないだろう。お勝のような親切なおかみさんが逃げた先にもいてくれればいいのだが、などと考えれば考えるほど、おトキの身の上が思いやられた。

互いに打ち解けるにつれて、「お遥殿、お遥さん」と呼んでいた忠左衛門とお早代だが、いつのまにか二人とも「お遥ちゃん」と呼んでいた。

食事が終わると、着物を見せると言ってお早代の部屋に連れて行かれた。立派な桐《きり》の箪笥《たんす》を開け、たとう紙に包まれた着物を取り出した。お早代がうやうやしくたとう紙を広げると、総絞《そうしぼ》りの豪華な着物が出てきた。

それをお早代がさっと広げた。熨斗《のし》の裾模様《すそもよう》に四季の花が刺繍《ししゅう》されているものだった。

お遥の口から「ほうっ」とため息がもれた。

「これは私の母が、松崎家に輿入《こしい》れしたときのものなんです」

お遥は母が形見に遺してくれたという着物を思い出していた。あれはお遥の乳母、登代《とよ》が命がけで持ち出してくれたものだった。寺に預けてあったものだが、盗まれてしまったのだ。お遥のもとに戻ってくることはないだろう。登代から聞いた話では、裾《すそ》に豪華な孔雀の模様があったという。お早代の着物を前に、ついに見ることがかなわなかった形見の着物を胸に思い描いたのだった。

お遥とお早代が居間を出て行くと、忠左衛門が声をひそめて話し始めた。

「近頃、お早代がわしに厳しいことを言うので困っておる」

徳造はなんと返答していいものか困った。それで「そうですか」などと口の中でつぶやきながら、目をしょぼつかせていた。

「お早代から聞いておるのだろう。お早代はなんと言っておった。わしが願人坊主に騙されているとでも言っておったか」

「はあ、そのようなことをおっしゃっていました」

忠左衛門は、可笑しくもないという顔で「ふふん」と笑った。

「あの男は天衒《てんげん》というてな、本物の鹿島の事触れでないことはわかっておる。だがな、あの男の予言や神託は本物だとわしは思う」

天衒はある日、この家を訪ねてきて開口一番言った。

『ここのお嬢さんが、家の悪運を一人で背負っておられる』

忠左衛門は、『馬鹿なことを言うな』と追い返そうとしたが、お早代が一度結婚に失敗していることや、父母が若くして亡くなったことなどを言い当てた。その時にはまだ半信半疑だった。しかし忠左衛門が心臓を患っていることを指摘され、ひょっとすると天衒は本当に神通力があるのでは、と思いはじめたという。

この家にいる限り、お早代は幸せになれないなどと言われても、お早代が家を継がなければ、松崎家は途絶えてしまう。

忠左衛門が逡巡《しゅんじゅん》していると、天衔は重々しく苦渋に満ちた声で言った。

『しかしわしの力では、この家に取り憑《と》いているなにかを祓《はら》うことができぬのじゃ』

寝る場所と食事を用意してくれれば、それができる人物を探してやろうと言う。

「今まで鹿島神宮の護符を授与してなんとか口を糊《のり》していたが、早代のためにできるだけはやく見つけてやりたいので、そちらは休むそうだ。それを聞いては、わしも黙って見ているわけにもいかぬからな。たまに金子《きんす》も渡しておる。早代はそれを知って、わしが騙されていると思っているのじゃ」

「お早代さんは、天衔という人の言ったことをどこまで知っているのですか？」

「お早代にほんとうのことは話してない。ただ天衔が力のある祈禱師を探しているので手助けをしてやりたいのだと言っておる。見つかれば我が家はますます栄えると」

忠左衛門は苦しげに目を伏せた。

それはそうだろうと徳造は思った。松崎家の悪運を一身に背負っているなどと、どうして言えるだろう。

「わしがあの世に行く前に、なんとかしてやらねばならない」

「松崎さまはまだまだお若いじゃありませんか」

「いや、心の臓がいよいよいけなくなった。それに天衒が言うのだ。この家で近々死人が出るだろうと」

「そんなばかな」

「この家にはお早代とわしだけじゃ。どちらかが死ぬのなら、わしは喜んで死んでいく。だがな。一人残されるお早代が不憫《ふびん》じゃ」

忠左衛門は唇を真一文字に引き結び黙ってしまった。徳造もなにも言えず下を向いていた。

「どうだろう、徳造さん」

長い沈黙のあとに忠左衛門が低い声で言う。

「お早代を嫁に貰ってはくれないか」

「ええっ」

思いも寄らない言葉に、徳造は息が止まりそうだった。お早代に好意を抱いてはいるが、そういう気持ちではない。もっとも、お早代のような女人が自分の女房だったらどんなに素晴らしいだろうと、夢想することが無いとは言わないが、それはあくまでも人には言えない想像の世界のことだ。徳造はただ、お早代の役に立ちたいというそれだけの思いで、この松崎家に出入りしていたのだ。それに、なによりもお早代が不承知だろう。武家の娘が大店に嫁いだという話はないわけではないが、しがない飼鳥屋に嫁入りするなどありえなかった。

からかわれたのだろうか、と忠左衛門を見ると神妙な顔をしている。

と、ふいに忠左衛門はからからと笑った。

「いや、すまぬ。聞かなかったことにしてくれ。こんな貧乏侍の娘など嫁に貰ってもお荷物になるだけだ。女のたしなみは一通り身に着けさせたつもりだが、なにせあの通り愛想がわるい。商家の嫁など務まらないだろう」

「いえ、そんなことではなくて、あたしはただ……」

身分が違うし、自分のような者とは不釣り合いだと言おうとした。

「いいや、いいんだ。つまらないことを言った」

「あ、いや、そんな……」

忠左衛門は、「いいんだ、いいんだ」と手を振ってこの話を打ち切りにしてしまった。

ちょうどその時、表のほうで人が入ってくる気配があった。同時に、ドスドスと大きな足音がした。

「御隠居、今日は泉岳寺《せんがくじ》まで行ってきました。評判のいい八卦見《はっけみ》がいると聞いたので」

大声でしゃべりながら、ひょいと居間に顔を出したのは、ひげ面《づら》の背の高い男だった。この男が天衙らしい。髪は黒々とした総髪で、弧を描いた太い眉に目玉は大きく飛び出ている。眼光鋭いとはこのことかと思う。

「あっ、お客さんでしたか。これは失礼。わしは茶漬けをいただいたらすぐに物置に行きますので、どうぞお気になさらずに」

そして奥の方へ向かって、「お早代さん、茶漬けをお願いします」とまるで茶漬屋の女中にでも言うような調子で声を張り上げた。

「はい」というお早代の声が聞こえたが、しばらくして茶漬けを持ってやってきたのはお遥だった。

「おや、女中を雇ったんですか？」

天衙は茶漬けを受け取りながら忠左衛門に訊いた。

「こちらはお客のお遥さんだ。この徳造さんの妹さんでね。平川町で飼鳥屋をやっているんだ。わしらはお二人にとても世話になっておる」

忠左衛門はお遥に、「すまないね」と頭を下げ、天衙のほうを見て嘆息《たんそく》した。

「そうですか。お遥さんは器量よしですね。お兄さんにはまるきり似ていない」

「余計なことは言わんでよろしい。それで泉岳寺の八卦見はどうであった」

「はあ、あれは偽者《にせもの》ですね。舌先三寸《したさきさんずん》のイカサマ師ですよ」

お遥が天衙の顔をまじまじと見つめている。おまえこそイカサマ師だろうと言わんばかりの顔だ。

ものすごい勢いで茶漬けを食べてしまうと、天衙は立ち上がった。

「さて、物置に退散いたすとするか」

皮肉を言っているふうでもなく、そう言って居間を出ていった。

「物置？」

お遥は忠左衛門に訊いた。

「天衙の部屋だ。納戸《なんど》をあてがっておる。ほかに部屋はないのでな」

「あの人、天衙っていうんですね。鹿島の事触れの格好でお札を売っているのを見ました。泉岳寺の人をイカサマだなんて言ってましたけど、あの人も偽者ですよね。だってお正月でもないのに、鹿島の事触れがいるわけないですもの」

「そうなんだよ。天衙は鹿島の事触れを騙《かた》ってお札を授与している」

「ご存じだったんですか？」

「ああ、知っていたとも。だがな、天衙の占いや予言はよくあたると評判らしい」

「そのようですね。両国でも人が群がっていました」

忠左衛門は深くうなずいた。

「よくあたるなんて本当でしょうか」

ちょうど部屋に入ってきたお早代が、腹立たしげに言う。

「お祖父さまのことも御隠居だなんて、何度違うと言ってもそう言うんですよ」

「まあ、いいではないか」

忠左衛門が苦笑いで答えた。


月がきれいだった。

松崎家を辞して、お遥と徳造は帰途についていた。

「松崎さまとはどんなお話をしたの？」

お遥はずっと気になっていたことを訊いた。

「やっぱりお早代さんにはほんとうのことを話してなかったよ」

徳造から話のあらましを聞いて、お遥は腹が立ってしょうがなかった。

「やっぱり松崎さまは騙されていると思うわ。お早代さんの結婚のこととか、ご両親が亡くなったことなんて近所の人に訊けばすぐにわかることだもの」

「だけど松崎さまが心の臓を患っていることも当てたそうだよ」

「兄さん、気が付かなかった？　松崎さまは時々胸を手で押さえるの。何年も前に心の臓が悪くなったんでしょう？　その時からの癖かもしれないけど、天狗はどこかかそれを見ていたのよ。当てずっぽうで心の臓が悪いのでは、って言ったんだわ」

「そうだろうか」

「まさか兄さんも天狗を信じちゃったわけじゃないよね。あんなにがさつでずうずうしいんですもの、本物のわけがないわ」

お遥がプリプリ怒っている横で、徳造は「そうかな」とか「どうだろう」などと煮え切らない返事をしていた。

ふと前を見ると遠くから人が歩いてくる。歩き方に見覚えがあった。

だんだんと近づいてきて、月明かりがその人を照らすと、やはり伊織だった。

「よお、徳造にお遥、二人揃ってどこかに出掛けていたのか？」

「はい。四谷伊賀町の松崎さまのところへ」

お遥は最近親しくなった松崎忠左衛門とお早代のことを簡単に話した。

「兄さんは松崎さまから、いろいろと頼りにされているんですよ」

お遥はそんな兄が誇らしくて、つい余計なことも言ってしまった。天狗という祈禱師が松崎忠左衛門を騙しているようだと。

「そうか。近頃は鹿島の事触れの偽者が横行《おうこう》していると聞く。それでお上も取り締まることにしたらしいぞ。その天衒という男もいずれ成敗されるだろうよ。それはそうと……」

と伊織は話を変えた。

「十五夜は月見をするのか？」

「はい。家で薄とお団子をお供えするくらいですけれど」

「どこにも行かぬのなら、舟遊びはどうだ。大川で舟に揺られて見る月は、ちょっとおつなものだぞ」

「わっ、すてき」

お遥は、「ね、兄さん、楽しみね」と徳造の腕を取って揺すった。

徳造は困惑げに瞬《また》きをした。

天衒が御縄になったと聞いたのは翌日の午後だった。

知らせてくれたのは伊織だ。

「伊織様のおかげです。これで安心よね。松崎様もお早代さんも」

「ほんとだよ。伊織様もたまにはいいことするんだねえ」

お種はさも感心したように腕組みをした。

「たまには、か。相変わらずお種は厳しいな。いいものを持ってきてやったのだが、お種にやるのはよすとしよう」

伊織は小さな包みを取り出した。竹皮を開くと一寸（約三センチ）ほどの、白い小さな玉が五つ並んでいた。

「え、これ」

お種は鼻先が触れるばかりに顔を近づけた。

「さすがはお種だな。これがわかるか」

「これ、『月《つき》の雫《しずく》』だよね。甲州葡萄《こうしゆうぶどう》のまわりを摺蜜《すりみつ》で固めてあって、口に入れると葡萄の酸味と蜜の甘さが溶け合うって聞いたよ。『月の雫』とは言い得て妙だってくらいのお菓子なんだとさ。あたしはそれを聞いて一回食べてみたいもんだって思ってたんだ」

お種は伊織にすり寄っていく。

「ねえ、さっきのは取り消すからさ」

「ははは。冗談だ。いつも菓子を馳走《ちそう》になっているからな。お種には二つだ」

「それで五つあるのかい？　嬉しいねえ」

「それじゃあ、お茶を入れてきますね。とっておきの宇治茶《うじちゃ》を」

お遥はいそいそと台所へ向かった。

四人は店の間に車座《くるまざ》になった。真ん中には「月の雫」がある。

「それじゃあ、いただきましょうよ」

お遥が声を掛けると、お種の喉《のど》がゴクリと鳴った。

「さあ、お種さんから」

「ええっ、あたしから？　いや、みんなで一緒に食べようよ」

「そんなにかしこまらなくてもいいじゃないか。適当に食えよ」

伊織は呆れて言う。それでも自分から手を出さず、やっぱりお種に最初に食べさせたいようでそちらを見ている。

お種は手を伸ばして「月の雫」を一粒つまんだ。口の中に入れ、目をつぶって咀嚼《そしゃく》している。

お遥たちは息を詰めて見守っていた。

「美味しい。想像していたよりずっと美味しいよ」

お種は「美味しい」を繰り返すばかりで、どんなふうに美味しいのかさっぱりわからない。

お遥も一粒口に入れた。シャリッとした食感と口の中に広がる蜜の甘さ。同時にみずみずしい葡萄の酸っぱさが口の中で溶けあって。言葉にできない美味しさだ。

「十五夜に、『月の雫』が食べられるなんて幸せだねえ」

お種はうっとりした声で言った。

「今夜は月見船《つきみぶね》としゃれ込もうじゃないか」

伊織の言葉にお種と徳造がはっとする。それを不審に思いながらも、お遥は昨夜、伊織から舟遊びのことを聞いていたので、「はい」と勢いよく返事をした。

「楽しみだわ。ねえ、兄さん、お種さん」

「いや、あたしは行かないよ。舟は酔うから」

お種はお茶を飲みながら、妙によそよそしい言い方をした。

「お種さん、舟に酔うんでしたっけ？　そんなの聞いたことないですけど」

「酔うんだよ。言ったことないけどさ」

「じゃあ、兄さんと三人で行くことにするわ」

お遥は、ちょっとつまらなくなった。にぎやかなお種が一緒なら楽しいだろうと思ったのに。

「あたしも舟はやめておくよ」

徳造は言いにくそうに続けた。

「舟は揺れるだろう。川に落っこちたら大変だから」

お種も徳造も、どこかおかしい。

そういえば、お種が前に言っていた。伊織は次にお遥を月見に誘うのではないかと。夜にクイナの声を二人で聞きに行った時も、伊織がなにを言っていたか、などと訊いたのだ。そして今日のように言いたいことを呑み込んでしまった。

「お遥はどうする？　ん？」

伊織はお種と徳造に断られたことを気にするでもなく言った。

「兄さんとお種さんが行かないのなら私も……」

「お行きよ。お遥ちゃん」

「そうだよ。舟遊びなんてめったにできることじゃない。行っておいで」

「え、ええ。それじゃあ……」

「よし、それならあとで迎えに来る」

そう言って伊織は、さっさと帰ってしまった。

隅田川《すみだがわ》にはたくさんの舟が出ていた。三味線《しゃみせん》に合わせて歌う声も遠くに聞こえるが、ほとんどは穏やかな川の流れと、降り注ぐ月の光の中で月見を静かに楽しんでいた。

細長い雲が時々月に掛かるが、それもまた趣のあるものだった。

お遥と伊織もさっきから無言で月を眺め、舟の揺れに身を任せていた。伊織は持ち込んだ酒を手酌で飲み、お遥は月見団子の最後の一個を頬張っているところだった。

船頭の竿が立てる水音が涼しく響く。

こんなに静かで、こころまで月の光に洗われる月見は初めてだ。

「団子はうまいか」

「はい。伊織様がいらないというので、おなかが一杯になりました」

二人前の団子は多いことは多かったが、実はそれほど満腹ではなく、もう一人前くらいは食べられそうだった。

伊織が、なにか深刻な話をするらしい、というのが今夜になってようやくお遥にもわかった。クイナの声を聞きに行った時はおもわぬ事態が起こって言えなかったのだ。

団子がなくなるのを待っていたように伊織が口を開いた。

「この度《たび》、お上から特別な御用を仰《おお》せつかってな。長崎奉行《ながさきぶぎょう》の間宮《まみや》様に同行することになった」

「長崎奉行？　それじゃあ長崎に行くんですか？」

「そうだ」

あの夜、伊織が言いかけたのはこのことだったのだ。

『二、三日じゃなくて、もっと長く会えなかったら、お遥はどうする』

伊織が旅に出るものと思ってしまったが、お役目だったとは。

「どのくらいの間、そちらに行っているのですか？」

「三年ほどかな」

「三年……」

「詳しくは言えないが、これまでに例のないお役目でな」

そういえば徳造が言っていた。

『……お上《かみ》の密命を帯びて、お大名の家の内情を探索することもあるんだ』

伊織様が拝命している鳥見役とは、ただ御鷹場《おたかば》の御用をしているだけではなく、そういうお役目なのだと。

「どうだお遥、俺と一緒に長崎に行かぬか」

伊織が真っ直ぐにお遥の目を見つめてくる。
思いも寄らぬ言葉に、お遥は息が止まりそうだった。
川面《かわも》に映った大きな月が揺れていた。

第四話　鴨《かも》の浮寝《うきね》

誰にだってそんなことはある。
魔が差したってやつだ。
なあ、お絹《きぬ》。そうだよな。
お前は心が綺麗過ぎたんだ。
だからあんな奴の口車に乗ってしまったんだよな。
俺にはわかる。
お絹はこちらに背を向けてうなだれていた。
泣いているのだろう。
『あんたのとこに戻りたい』
『そうだろう。そう言うと思っていたよ』
『あたしを許してくれるのかい？』
『もちろんだ。お前には俺がいなきゃだめなんだ。俺の言う通りにしていればそれでいいんだ』

お絹は振り返って、茂助《もすけ》の胸に飛び込んで来た。

両腕で抱きしめる。

お絹の体の柔らかさと温かさが伝わってくるはずだった。だが、腕の中のお絹は、まるで木石のように冷たく固い。

「お絹」

自分の叫び声で目が覚めた。

体が冷え切っていた。背中がひどく痛い。寒いうえに腹が空きすぎて、キリキリと痛む。

しかし久しぶりにお絹の夢を見たので気分がよかった。

お絹は相変わらず美しかった。

＊

めっきり秋が深まった。

モズが高鳴きをしてから七十五日目に霜が降りるというが、今年はその通りに一気に寒気がやってきた。木々の葉は一度に赤くなり、日ごとに寒さが増していく。

お遥と徳造にとって、今年の寒さはひとしおだった。

松崎忠左衛門が亡くなったのだ。

それがわかったのは葬儀が終わり、四谷伊賀町の屋敷に別の家族が住んでいると知ってからだった。

「お早代さんも水くさいじゃないか。なんで知らせてくれないんだよ」

お種は店の上がり口に腰掛けて口を尖《とが》らせた。

それは本当にそうだとお遥も徳造も思い、二人でさんざん話をしたあとだった。

お早代がどんなに心細い思いをしているか、想像するにあまりある。そういう時にどうして徳造を頼ってくれなかったのか、お遥はつい心の中で恨み言を言った。

だが、忠左衛門が亡くなったのが、天衒が御縄になったすぐ後であったことを知った。そして天衒が両国で、「今年は悪い風が吹いて老人と子供が大勢死ぬだろう」と言っていたことを思い出し震撼《しんかん》した。たしかに今年は風邪で亡くなる人が多かった。

忠左衛門の死が心の臓のせいではなく、たちの悪い風邪であったことも、よけいにお遥を打ちのめしたのだった。

『私が伊織様に言ったからだ。天衒が松崎様を騙しているようだと。だから天衒は捕まった。お早代さんが背負った悪運を祓《はら》う前に』

忠左衛門が言っていたように、鹿島の事触れとしては偽者でも天衒は術者としては本物だったのかもしれない。

お早代は四谷伊賀町の屋敷を出たあと、叔母《おば》の家に身を寄せているという。ほかに親類はなく、父親の妹という人が唯一の身寄りらしい。

忠左衛門の葬儀は叔母の夫が取り仕切ったために、徳造への連絡はなかったのだろう。

徳造は、しばらくお早代から連絡がないことにずいぶん気をもんでいた。そしてようやく伊織から知らされたのが、そんなことだったので、ひどく気落ちして、やはり悪い風邪をひいてしまったのだ。幸い十日ほどでもとの生活に戻れたが、何日も寝込むなど徳造には珍しいことだった。

そしてやはり、天衒の予言は当たったのだなと慄然《りつぜん》としたのだった。

徳造はメジロの籠を洗うために裏に持って行くところだった。

「兄さん、私がやるわ。兄さんはまだ体の調子が本当じゃないんだから、水を触っちゃいけないわ」

「大丈夫だよ。もうすっかりいいんだから」

「だめだよ徳さん。お遥ちゃんの言うとおりにしなよ。今年の風邪はたちが悪いんだ。治ったと思ってもまたぶり返すそうだよ」

それでもまだ渋っている徳造から、お遥は鳥籠を取り上げて裏の井戸端に向かった。

井戸の水は切るような冷たさだったが、日差しはたっぷりとある。これなら昼前にはすっかり乾いてしまうだろう。

徳造の風邪がこんなにも長引くのは気持ちが萎《な》えているからだ。お早代の身の上を案じ、自分がなんの手助けもしてやれないのを、不甲斐《ふがい》なく思っているのだ。

鳥籠を日当たりのいい場所に干して、店に戻ると種と徳造が妙な顔で同時にお遥を見た。どうやらお遥の話をしていたようだ。

「ちょいとお遥ちゃん」

お種は立ち上がって腕組みをした。細身だが腕は日に焼け筋が浮き上がっていて、女手一つで店を切り盛りしているだけあってさすがに力が強そうだ。

「あんた、あたしに嘘をついていたね」

そばで徳造が目をしょぼつかせ、すまなそうに身を縮めていた。

「伊織様は、あの十五夜の晩に大事な話をしたんだろう？　あたしが言ったとおりじゃないか」

「ごめんよ、お遥。つい口がすべって……」

「おかしいと思ったんだよ。伊織様はお遥ちゃんのことを好《す》いている。それはわかってたよ。だから長崎に行くのなら、きっとお遥ちゃんに付いてきて欲しいとか、そうじゃなくても帰ってきたら所帯を持とうとか、そういう話をしたに決まっているんだ。それなのに、『そんなお話はありませんでした』なんて、よくもあたしを騙したね」

騙すつもりはなかった……と言って、お種はわかってくれるだろうか。

あの晩、月見の船遊びから戻ってくると、お種はかなりあ堂で待ち構えていた。そして伊織からどんな話をされたのかと訊く。その時、お遥はひどく動揺していた。伊織の求婚はもちろん嬉しい。だが、手放しで喜べるかというとそうではなかった。まず、自分が伊織の妻としてふさわしいのかどうかわからない。武家の妻としてやっていけるのか、それに長崎という遠い国へ行くことの不安もあった。徳造を一人置いて行ってしまっていいのか。そしてなにより、平岡家の花鳥庭園はどうするのか。お遥がいなければ、だれがお方様のお気持ちを汲《く》んで、ご希望通りの庭園を造るのだ。

さまざまな思いが一気に胸にあふれ、だれかに相談するにも、なにをどう話していいかもわからない状態だった。

もしその時に、お種にありのままを話したら、結婚を承諾するようにと勧めることは容易に想像がついた。だからこそ伊織の話そのものをなかったことにしたのだ。

翌日、徳造にはすべてを話した。するとやはり、お遥が一番いいと思う道を選びなさいと言う。

十日ほど考え抜いた末に、お遥は心を決めた。

伊織と二人、桜田堀《さくらだぼり》をぶらぶらと歩き、桜の井まで来た時にお遥は足を止めた。お堀の向こう岸にアオサギが一羽、羽を休めていた。なにを見ているのか、桜田御門のほうへ顔を向けて、こちらには横顔を見せていた。

名前のとおり青みがかった灰色の羽を持つ大きな鳥だ。足が長く、立ち姿はすらりとしていて美しい。

アオサギはふいにお遥たちのほうを見たかと思うと、さっと飛び立った。

それを汐《しお》にお遥は口を開いた。

「伊織様、この間のお話ですけれど」

「うむ。やっと返事を聞かせてくれるか」

伊織の声は湿《しめ》っていた。お遥の答えを知っているかのように。

「伊織様のお申し出はとてもありがたくて、それに、とても嬉しかったんです。それなのに……」

「それなのに……。やはりそうきたか」

「すみません。私、きっと楽しいだろうな、って思ってみるんです。伊織様と二人で東海道を歩いて、それから船に乗って瀬戸内の海を眺めて……。どんなとこだろう、どんな人がいるんだろう。鳥や花や山や川はこれまで見たものと同じようでいて、きっと違って見えるだろうなって」

それは考えただけで心躍る光景だ。それなのにそれはまるで錦絵《にしきえ》に描かれた絵空事《えそらごと》で現実感がなかった。

「伊織様と長崎に行くって、そういうことじゃないって、私、知っています。私に務まるだろうかって、すごく怖いんです」

アオサギがいた場所をよく見ると、野菊《のぎく》が一輪咲いていた。薄紫《うすむらさき》の花が風に吹かれて揺れていた。

「お遥らしくもないな。怖い物知らずだと思っていたよ。行けばなんとかなる。そういうものだ」

「私もそう思います。見たことのない土地を見てみたいし、食べたことのないものも食べてみたい。なにより伊織様とそういう経験ができるのなら、なにをためらうことがあるだろうって。でも、伊織様と一緒に長崎に行く自分の姿が想像できないのはどうしてなんでしょう。いろんなことが頭をよぎって思い切れないんです。飛び込んで行けないんです。私らしくないって思います。でも、そういうのが今の私なんだとも思うんです」

伊織に恋《こ》い焦《こ》がれ、一時も離れたくないという気持ちがもっと強ければ、こんなふうに迷うはずはないだろう。伊織には申し訳ないが、今の自分には徳造や花鳥庭園のほうが大切なのかもしれない。

「そうか。わかった」

伊織はそれだけを言った。お遥の気持ちを、実は伊織が一番よくわかっていたのかもしれない。その顔は悲しそうでも寂しそうでもない。心に渦巻く感情を必死に抑えているように見えた。

申し訳ない気持ちで一杯になりながらも、伊織が自分を理解してくれているのが嬉しかった。

嘘をついたと責めるお種に、どう説明していいかわからない。

「お種さん、ごめんなさい。私、自分の気持ちがよくわからなくて……。今でも断ってしまってよかったのかな、って思ったりするの。だからお種さんに、どんなふうに説明したらいいかわからなくて、それで黙っていたの。いつか言わなきゃって、ずっと思っていたのよ。ほんとうよ」

「伊織様のことが好きなんだろう? なにを迷うことがあるんだよ。一緒に行けばいいじゃないか。そりゃあ、お遥ちゃんが長崎に行っちまうのは寂しいよ。だけど三年たったら帰って来るんだろう?」

お種は声を張り上げてがなり立てていたが、ひょいとお遥のそばにやって来て、耳元で囁《ささや》いた。

「女の三年は大きいよ。伊織様が戻って来る頃には、お遥ちゃんは年増《としま》になってるんだよ」

それはそうかもしれない。しかし伊織の申し出を断った時点で、お遥は伊織と添うのは諦めていた。きっと長崎で美しい妻《めと》を娶るに違いないと。

自分は伊織ではなく、ここでの暮らしを選んだのだ。

ともすれば揺れて迷う自分を、その都度《つど》励ますのだった。

平岡家の花鳥庭園はかなり具体的なところまで話が進んでいた。

お遥は、中庭に松の古木と飛び石のある御居間で、お方様のお出ましを待っていた。いつもなら御普請奉行の榊原太右衛門がいるのだが、今日は見たことのない普請方の佐藤《さとう》という男が控えていた。頰が子供のように白くふっくらとした丸顔で、小柄な男だった。

佐藤はなにが嬉しいのか始終にこにこしていて、「あなたがお遥さんですか。飼鳥屋をやっているそうですね」などと話しかけてくる。取っつきにくい榊原とは真逆の男だった。

お方様がお出ましになり、お遥は佐藤のことを目顔で訊ねた。

「おお、そうであった。今日からこの者と庭園の話をする」

「あのう、榊原様は……」

「榊原は妾《わらわ》の言うことに、いちいち反対するのじゃ」

お方様は池のそばに鳥たちのための小屋を建てたいと言ったらしい。孔雀も最初は番の二羽だけだが、いずれ十羽の孔雀を入れる大きさにし、他の鳥も鳥ごとの小屋を作りたいのだそうだ。しかし榊原が言うには、平岡家下屋敷のお庭は、桂離宮《かつらりきゅう》をもとに作られたもので、神仙思想に基づいた神聖な庭である。現在、池のほとりに建っている、観月のための月光楼《げっこうろう》や、書院と並べて鳥小屋を建てるわけにはいかないと、お方様の意見を突っぱねたのだそうだ。それで別の者を寄越すようにと言ったらしい。

「鳥小屋と池とは近い方がいいに決まっておるではないか。他にも鳥の種類はもっと少なくとか、ラクダを飼うのは無理だとか。まったく気に食わぬやつじゃ」

お方様はさも憎々しげに言うが、どちらかと言えば榊原の言っていることのほうが、筋が通っている。

平岡家の庭が桂離宮を模しているとは知らなかったが、そういう思想の神聖な庭に、堂々と鳥小屋を建てるのはそぐわない。ましてラクダなどもってのほかだ。そもそも手に入れることは不可能だろう。小鳥以外の動物を飼うことには賛成だが、ラクダは無理というものだ。この世のどこかに、ラクダという珍しい馬に似た動物がいるらしいが、海の向こうからやって来たラクダは、公方様《くぼう》に献上されるのだ。

佐藤は話しやすそうで親しみを覚える。だが佐藤と話をしたところで、上司の榊原に逐一諮《ちくいちはか》らなければならないはずだ。

厄介《やっかい》なことになった。

「それでじゃ、お遥。孔雀の他にはどんな鳥がよいであろうな」

「はい。飼いやすい鳥を考えて参りましたが、孔雀と違って放し飼いにはできません。やはり大きな鳥籠が必要と存じます」

お遥はお方様の気に入りそうな鳥の一覧を見せた。

「キンケイか。これはよいな」

「ようございますな」

佐藤は細い目をさらに細めて言った。やはりにこにこと笑っている。

お方様も、「そなたもそう思うか」などと上機嫌《じょうきげん》だった。

この佐藤にそれほどの権限があるとは思えない。ここでいくら同意されても、榊原のところで却下されるのではないか。

お方様はそのことをわかっておられるのだろうか。

お遥は胃の腑《ふ》がきゅっと縮んだ気がした。

佐藤はなにからなにまでお方様の言葉に同意し、話はずいぶんと進んでいるようだが、その実、なにも決まっていないのだった。

「お方様」

お遥は開いた絵図面に膝《ひざ》を進めた。

「ここの回廊をこのあたりまで延《の》ばして」と黄金池とこの御居間の中間あたりを指さした。「ここに鳥小屋を並べて建ててはいかがでしょう。屋根付きの回廊なら雨の日でも鳥を見に行けますよ」

「そうじゃな。雨の日は憂鬱《ゆううつ》であるから、鳥を見に行くのはよいな」

「そして池の側には木を植えるのです。鳥小屋が隠れるような。たとえば、松《まつ》とか高《こう》野槙《やまき》とか冬でも葉の落ちないものがいいと思います。いかがでしょうか、佐藤様」

お遥が振り返ると、佐藤は打って変わって真剣な表情だった。

「よろしいかと思います。木が池との隔《へだ》てになりますから、大きな鳥小屋を建てても景観に障《さわ》りはないでしょう」

さらに絵図面を指さして言った。

「鳥が池へ行くための通路は、こちら側からこのように生け垣で囲めばよろしいかと」

佐藤はその後も鳥小屋の大きさや配置を、お方様と相談しながら次々と決めていった。

不思議なことに、お方様は佐藤の言うことには、「そうじゃな」とか「よい考えだ」と素直にうなずくのだった。

平岡様の御屋敷を辞去すると、お遥は例の切棒駕籠に乗り込んだ。行き先はかなりあ堂ではなく不忍池《しのばずのいけ》に行って欲しい、と駕籠かきに頼んだ。寒くなってきたので、不忍池はさぞかし鴨で賑わっていることだろう。

池の蓮《はす》はすっかり枯れ、寒々とした光景が広がっている。だが夏に来た時と違って、鴨の群れが羽を連ねていた。鴨に交じってまるで子鴨のようなカイツブリが泳いでいる。頭の白いオオバンが黒い羽を光らせて浮かんでいた。ホシハジロや尾長鴨《おながも》の姿も見える。

東叡山寛永寺《とうえいざんかんえいじ》が建立された時に、不忍池はその寺領に含まれた。それで殺生《せっしょう》禁止の池となっている。お遥が鴨を捕まえれば御縄になるだろうが、平岡家の家臣なら咎められることもないだろう。

ここの鴨を渡りの時期に捕まえて、平岡家の黄金池に放すことを考えている。仲間の鴨がいれば、きっと黄金池にもここのように鴨がやって来るだろう。

前に見た時、黄金池にはセキレイやヒヨドリが飛んでいたが、ただ広いだけでとても寂しい池だった。

孔雀が飛び、鴨が鳴き交わすにぎやかな池にしたい。お方様が笑顔になるような。江戸の町の人々がたくさん訪れるような。

お遥は長い間、池のほとりに佇《たたず》んでいた。鳥たちを見ているだけで時を忘れた。

頬にぽつりと雨粒が当たって、ようやく我に返ると踵を巡らして帰途についた。

蓮飯《はすめし》を出す大きな茶屋の前を通りかかると、突然、店の横手から筵《むしろ》の塊《かたまり》のようなものが転がり出てきた。それが筵を被った男だとわかるのに、ちょっとの間があった。

「今度来たら承知しないからね」

通りに出てきた女中らしい大柄な女は、筵の男にそう言った。

お遥は呆気《あっけ》にとられて、女中と男とを見比べていた。

「うちの物置に居着いちまったんだよ。で、時々店のものを盗むんだ。何度追っ払ってもやって来るんだよ」

女中は言い訳するように渋面《じゅうめん》を作って言うと、店の中に戻っていった。

お遥は道に転がっている男をよけて先へ進んだ。

雨は本降りになりそうな気配だ。

気になって振り返ると、男はまだ同じ場所に転がったままだ。少しの間、見ていたが動く気配がない。

戻って筵の上から男を揺り動かした。

「あのう。雨が降ってきますよ」

しかし男の返事はない。

「大丈夫ですか？　立てますか？」

筵をよけて顔を見ると、お遥は、はっと息を呑んだ。紛《まぎ》れもなく、その男は天衔だった。髪は乱れてゴミだらけ。ひげは伸び放題で顔を覆っているが、偽の鹿島の事触れで御縄になった天衔だ。

天衔はお遥の問い掛けに答えず、苦しげに顔を歪めていた。額を触ってみるとひどい熱だった。

「天衔さん、大丈夫ですか？」

雨は少し強くなったようだ。このままでは死んでしまうだろう。

誰かに助けを求めようと辺りを見回したが、あいにくだれも歩いていなかった。さっきの女中の剣幕では、茶屋に頼むのも気が引けた。

すると折良く空《から》の駕籠が通りかかった。呼び止めると、天衔を乗せるのを手伝ってもらい、かなりあ堂へ急いでもらった。

お遥が駕籠の後ろをついて走っているうちに、冷たい雨がいよいよ強く降ってきた。

かなりあ堂に着いた時には、お遥はずぶ濡れになっていた。

「お遥、濡《ぬ》れ鼠《ねずみ》じゃないか。寒かったろう」

徳造は外に駕籠があるのに気が付き、「どうしたんだい？」と訊いた。

「天衒さんがひどい熱なの。寝かすのを手伝って」

駕籠かきが二人がかりで天衒を降ろし始めているのを見て、お遥は徳造の寝間着を取りに二階へ駆け上がった。

徳造が天衒を着替えさせている間に、お遥は布団をお種のところから借りてきた。奥の三畳間に寝かせて一息ついたが、天衒の苦しそうな息が心配だった。

「お医者を呼ばなくていいかしら」

「うーん。顔色が少し良くなってきたから、もう少しようすを見よう。お遥は着替えて湯に行っておいで」

徳造はお粥を作り始めた。目が覚めたら食べさせるつもりなのだろう。

お遥が湯から戻ってくると、天衒は静かな寝息を立てていた。

「さっきお粥を食べたんだよ。食欲があるから大丈夫だね」

「よかった。倒れたきり動かないから、死んじゃうかと思ったわ」

「どこで天衒に会ったんだい？」

お遥は不忍池に鴨を見に行った帰りに会ったことを話した。

「お茶屋さんの物置で寝起きしていたみたい。食べ物はお店から盗んでいたらしいわ。私のせいだわ」

伊織に天狗のことを話さなければ、天狗は松崎忠左衛門の家に寄寓《きぐう》しつづけ、祈禱師を探していただろう。そしてお早代の悪運を祓い、忠左衛門も死ぬことはなかったかもしれない。

「お遥のせいじゃない。こんなことになるなんて、だれにもわからないことじゃないか。あの時は、あたしだって天狗さんは松崎様を騙していると思っていたんだよ」

そうは言っても、あの時、徳造は天狗のことを信じかけていた。

『私も天狗さんを信じていれば……』

お種が店に入ってきた。

「どうだい？　天狗って人の具合は」

いつもとは違って声をひそめ、音を立てずに入って来た。手には湯気の上がった小鉢を持っている。

「芋を煮たんだけどさ、食べられるかねえ」

「食欲はあるみたいですから、食べられると思いますよ」

お遥は小鉢を受け取りながら言った。

「食欲があるんなら大丈夫だね。お遥ちゃんが、『布団を貸してください』って血相変えて飛び込んで来た時には、今にも死にそうなのかと思ったけど」

「あの時は、本当に死んじゃうかと思ったの」

お遥は首をすくめて笑った。

「だけどさあ、鹿島の事触れの偽者だったんだろう？　バチが当たったってことなのかねえ」

「バチ？　そうかなあ」

消え入りそうな声でお遥は言う。

「お遥は自分のせいで、天衙さんがこうなったって思っているんですよ」

徳造は、お遥を庇《かば》うような優しい目をした。

「あんたのせいな訳あるかい。なにを馬鹿なことを言ってるんだ。こういうのを自業《じごう》自得《じとく》って言うんだ」

お種の声は遠慮なく高くなった。お遥はハラハラしてなぜか自分の口を押さえた。

徳造も「しーっ」と人差し指を口に当てていた。

「不忍池のそばにいたんだって？　なんだってそんなとこにいたんだよ」

「さあ、どうしてでしょう」

「いや、お遥ちゃんがだよ」

「あ、私ですか。鴨を見にいったんです。そろそろ渡ってくる頃だなと思って」

「ほんとに鳥が好きなんだねえ。鴨なんて可愛くないだろうよ。ガーガー鳴くだけでさ」

お種は小馬鹿にして笑った。

「雄はピーピーって鳴いたりもしますよ。丸い嘴《くちばし》とか、水の上で丸くなって寝ている姿とか、とっても可愛いですよ」

「ああ、そうかい。鴨の浮き寝っていうもんね。水の上でよく眠れるよね」

「お遥は御屋敷の池に鴨を呼ぼうとしていて、それで見に行ったんですよ」

徳造がそばから口を挟んだ。

「へええ。そうなのかい。大きな池なんだろう？　あたしも見てみたいねえ」

天衔は翌日には起き上がれるようになり、出された芋やお粥をペロリと平らげた。まだゼイゼイと胸の音はするが、顔色はぐんとよくなった。

「お遥ちゃんは命の恩人だよ」

天衔は砂糖湯《さとうゆ》を飲み干して、空《から》の湯飲みを返してよこした。

「死んじゃうかと思って心配しましたよ。倒れたきり動かないんだもの」

「何日もまともなものを食ってなかったんでね。その上、この二、三日は寒かっただろう？　風邪をひいちまって」

「……家はないんですか？」

天衜はこっくりとうなずいた。

放免になり松崎忠左衛門を頼って四谷伊賀町に行ったのだが、忠左衛門は亡くなっていて、お早代もどこへ行ったのかわからなかった。辻《つじ》で占いをやろうとしたが思うように稼げず、日雇いの仕事をしたはいいが道具を盗まれてしまい、それを弁償することもできず、ひとの家の軒先や物置を転々としながら逃げていたという。

「天衜さんのお国はどこなんですか？」

天衜の言葉にはわずかになまりがある。江戸の人ではないと前から思っていた。

「俺は常州は神向寺《じんこうじ》村の百姓だ」

「家はもうないんですか？」

「あるよ。畑もある。弟がやってるよ」

「それじゃあ……」

「やることがあるんだよ。ここで」

悲しそうに目を伏せるので、お遥は「なにを？」と訊ねるのがためらわれた。

「命の恩人には、ちゃんと話さなきゃな」

天衒は神向寺村を出てきた時のことから話し始めた。


お絹という美しい女房をもらったばかりだった。

お絹のために必死に働いた。

夫婦仲はよかった。お絹は心持ちの優しい女で働き者だった。家の中の仕事も畑仕事も骨惜しみしない。そういう女だから家族ともうまくやっていた。老父母はお絹を可愛がり、弟、妹たちはお絹を頼り、時には助けて家族は仲睦《なかむつ》まじく、貧しいながらも肩を寄せ合って暮らしていた。絵に描いたような幸せな暮らしだった。

ところがある日、村に麻布《あさぬの》売りがやってきた。近江《おうみ》商人の染吉《そめきち》である。近江商人といえば、伊勢商人と並んで商売がうまいことで有名だ。それだけに口も上手かった。

お絹の美貌に目を付けた染吉は、言葉巧みにお絹を誘惑し、神向寺村から連れ出してしまったのだ。

「素直で心のまっすぐな女だった。世間の波に揉《も》まれていないから、染吉にすっかり騙されちまったんだ」

お絹が江戸にいるという噂を聞いて、探しに来たのだと言う。

そして天衙は、お絹の純真無垢《じゅんしんむく》な心をもてあそんだ染吉を許さない、と眼《まなこ》に怒りの炎をたぎらせた。

「今頃、お絹はきっと後悔している。俺のところに帰りたいと、毎日泣いているに違いないんだ。だけどあいつは言い出せないでいる。そういうおとなしい女なんだ」

「天衙さんが神向寺村に帰ったのはいつですか？　もう帰っているかもしれないじゃないですか」

「帰ってはいない。俺にはわかるんだ」

「でも、もしかしたら……。あ……」

「わかるんだよ。俺には」

そうだ天衙には、そういう力があったのだ。だが、それでは居場所だってわかるのではないだろうか。お遥がそれを言おうとすると、天衙は続けた。

「お絹がいま何を思っているか、その気持ちは風に乗って俺に語りかけてくるんだ。お絹は俺の助けを待っている。それが痛いほどに伝わって来る。だけど、それがどこから来るのかが、どうしてもわからない。江戸にいることは間違いないのに、お絹の居場所がどうしてもわからないんだ」

天衙は、まるで自分のことを責めるように膝を拳《こぶし》で叩いた。

お絹は本当に江戸にいるのだろうか。それは確かなのだろうか。その近江商人の男と近江に行ったか、どこか他の国を歩いているのではないのか。

それに近江商人と出奔《しゅっぽん》したお絹が、天衒のもとに帰りたがっているというのも解《げ》せない。天衒にそういう能力があるのだと言われれば、うなずくしかないが、普通に考えたら、男と駆け落ちした女がもとの夫のところに戻りたいと考えるだろうか。

「お絹さんを、まだ江戸で探すつもりですか？」

「探す。お絹は俺が見つけるのを待っているんだ」

お遥はなにも言えなかった。天衒は自分の強い意志を確かめるように、何度も深くうなずいている。そして、ふっと頭を上げると鹿爪《しかつめ》らしい顔をして、お遥に真正面から向き合った。

「勝手な頼みだとは承知している。承知の上での頼みなのだが、しばらくここに置いてもらえないだろうか。働き口を見つけたらすぐに住むところを探す。金ができたら、ここで世話になったぶんも必ず返す。頼む」

天衒はガバリと平伏《へいふく》した。

話を聞いていたらしい徳造が、そっとお遥の隣に座った。

「いいですよ。だけどまずはゆっくり養生してください」

「ありがとうございます。明日にでも口入屋《くちいれや》に行ってきます」

それを聞いて徳造は驚いて腰を浮かした。

「なにを言ってるんです。あと三日、四日は休んでいなきゃだめですよ」

「そうよ。昨日はあんなに熱があったんだもの。明日なんて無理よ」

天衜は大きな目玉から涙をこぼし、顔をくしゃくしゃにして泣き笑いをした。


「それじゃあ天衜さん。行って来ます」

お遥は、閉めきった店の奥に立っている天衜に言った。

空は晴れているが、冷たい風が吹いている。

長崎へ発《た》つ伊織を、品川《しながわ》まで送っていこうと言い出したのはお種だった。

『だってさ、三年も会えないんだよ。寂しいじゃないか。せめて品川まで一緒に行こうよ。それでさ』

とお種は満面の笑みで言った。

『みんなで大いに飲んで騒ごうじゃないか』

どうやらその辺が真の目的らしい。

天衜は車力《しやりき》の仕事を見つけて働いている。力自慢だと言うだけあって、大八車《だいはちぐるま》を引いて荷物を運び、それなりの金を得ているらしい。住むところを探す天衒に徳造は言ったのだった。お絹さんが見つかるまでここに居ればいいと。

天衒は仕事の合間にお絹を探し、帰ってくると小鳥の世話をはじめ洗濯や屋根の修理まで、実によく働いてくれる。

「明日の昼前には帰って来ますから、よろしくお願いします」

徳造は丁寧《ていねい》に頭を下げ、何度も伝えた鳥の餌などの注意点を、またくどくどと繰り返した。

「まかせてください。ちゃんとやっておきますよ」

天衒が満面の笑みで答える。

「徳さん、大丈夫だよ。早く行かないと約束の刻限に遅れるよ」

お種がじれたように足を踏み鳴らした。

「そうよ兄さん、伊織様を待たせては悪いわ」

伊織とは赤坂御門で待ち合わせをしていた。

三人が赤坂御門の大番所の前に着いた時、幸いにしてまだ伊織は到着していなかった。

お種はそわそわとあたりを見回し、伊織が来るのを待っている。

お遥は、伊織との別れを惜しむことに後ろめたさがあった。だから今日の見送りも、一度はやめようと思ったのだ。それでも、このあと何年も会えぬのならと、やはりお種と一緒に見送ることにした。だが伊織がやって来たら、どんな顔をしていいのかわからない。それでさっきから自分の袖を握りしめていた。

「あっ、伊織様だよ」

お種はそう叫ぶなり、伊織に向かって手を振った。

伊織は中間《ちゅうげん》を一人従え諏訪坂《すわざか》を下ってくるところだった。野袴《のばかま》に紋付《もんつき》羽織、そして菅笠《すげがさ》を被っている。いつもと違う旅姿に、「ああ、いよいよ行ってしまうのだ」とお遥の胸がぎゅっと縮まった。

「見送りありがとうよ、お種。目が赤いぜ。俺と別れるのが辛くて泣かせちまったか」

伊織はおどけて冗談を言った。お遥とは不自然に目を合せない。お遥も気まずくて、お種の後ろに隠れるようにして立っていた。

「なに言ってんだよ。泣くもんか。伊織様こそ江戸を離れるんで、泣いてんじゃないかと思ってさ、見に来たんだよ。伊織様の泣き顔なんて、めったに見られないからね」

伊織は顎を上げて大笑いした。

品川までは一刻ほどの道のりだ。

お種のおかげで、一行は陽気に笑いさざめきながら品川に向かった。

品川宿に着いたのは、夕景に近づいた頃だった。水茶屋から始まり、大小の旅籠《はたご》、遊郭《ゆうかく》がひしめき合っている。どこかから三味線の音も聞こえる。

お遥はその賑わいに呑み込まれ、口を開けて放心していた。足は完全に止まっていた。

「どうした、お遥。品川は初めてか？」

振り返って笑う伊織の声に、はっと我に返った。

「はい。私、びっくりしちゃって」

「なんだよう。このくらいで驚くんじゃないよ」

お種は豪快に笑って、「ほら、行くよ」とお遥の手を取った。

橘《たちばな》屋《や》という旅籠が伊織の常宿だという。脇道に入った静かなところにあり、店の前の植栽も上品で、いかにも伊織が好みそうな宿だった。

しかし宿の女将が言うには、伊織一人だけなら泊まれるが、四人となると、今夜は無理だと言う。

「そうか、困ったな」

伊織は店をあとにして、そうつぶやき、「それじゃあ、あそこに行くか」と続けた。

着いた先は近江屋《おうみや》という宿屋で、さっきの橘屋より店構えは大きいものの、あまり上等ではない宿屋のようだった。

「まあ、ここならお種がどれだけ騒いでも気にならないだろう」

通された部屋は、海の見える眺めのいい部屋だった。沖には何の漁をしているのか、小舟がたくさん浮かんでいた。

旅装を解《と》き一風呂浴びてくると、じきに膳が運ばれてきた。穴子《あなご》の蒲焼《かばや》きに、揚げ豆腐、百合根《ゆりね》と椎茸《しいたけ》の煮物、きざみ大根の汁物、それに飯と香《こう》の物《もの》が付いている。なかなか豪華な食事だった。

酒も一緒に運ばれて来たので、お種と伊織はさっそく差しつ差されつ、穴子を肴《さかな》に飲み始めた。

酒が入るとお種は口三味線で踊り始めた。伊織の言う通り、宿の中は次第に騒がしくなっていき、むしろお種の踊りは静かなほうだった。

廊下の障子を開け放してあったので、商人風の男が二人、立ち止まって見ている。お種の踊りがひとくさり終わると、なんと、お捻《ひね》りを投げて寄越《よこ》した。踊りがよほど気に入ったと見える。

「ありがとうよ。あたしゃ江戸の平川町で八百屋をやってるお種ってもんだ。来てくれたらおまけするよ」

「おう、必ず行くよ」

どっちも酔っているので、調子のいい掛け合いになった。

酒が追加され、お種と伊織はさんざんに飲んで食べ、笑った。徳造とお遥も、酒こそ飲まなかったが、羽目を外して騒いだのだった。

お遥はお種の笑い話に、涙を流して笑いながら内心ほっとしていた。

伊織との別れの酒席が湿っぽいものになったら、その半分は自分のせいだと思っていた。伊織の笑顔を見ながら、お遥は心の中で詫《わ》びていた。

「伊織様、お気を付けて」

「お元気で」

「お帰りを待ってます」

徳造、お遥、お種の三人は口々にそう言った。ようやく東の空が白みかけてきた頃合いだった。お種と徳造は鼻をすすっている。泣いているようだ。

そこここの旅籠から、旅人が発っていく。伊織のように見送りがある者もいれば、一人、足早に歩いて行く者もいる。

「そなたたちも達者でな」

伊織はくるりと踵を返した。菅笠を被った後ろ姿がだんだんと小さくなる。その遠ざかる後ろ姿を見た時、お遥の胸に言いようのないものがこみ上げてきた。

重く熱い塊のようなもの。

それが胸の中で行き場を失い、跳ねまわり騒ぐのだ。

このまま伊織を行かせてはならない。自分は本当は伊織と一緒にいたいのだ。

息が苦しい。

『伊織様のこと、こんなに好きだったなんて。自分の気持ちなのに、どうしてわからなかったのだろう』

涙があふれてくる。

お遥は手で顔を覆《おお》ってしゃがみ込んだ。

そうしなければ、伊織のあとを追って駆け出してしまいそうだった。

せめて最後に伊織の姿を見ようと、手を取って顔を上げたが、涙でぼやけた視界にその姿は映らなかった。

温かい手がお遥の両肩を抱いて立たせてくれた。

お種だった。

お遥はお種の胸に顔をうずめた。

「行っちゃったね。さあ、あたしらも仕度《したく》をして帰ろう。行っちゃったもんはしょうがないさ」

お種らしい言い方に、お遥は泣きながらくすりと笑った。

宿に戻ろうとすると、見覚えのある商人が二人歩いているのが見えた。昨夜、お種にお捻りをくれた商人だ。縞の道中合羽《どうちゅうがっぱ》をはおり、肩には前後に振り分けた荷を下げている。軽い足取りで、二人はあっという間に見えなくなってしまった。

「あの人たち、こんなに早く発って江戸で商売に精を出すんだね。さすが近江商人だ。商売熱心だねえ」

「えっ、あの人たち近江商人なの？」

「そうだよ、そう言ってたじゃないか。聞いてなかったのかい？　あたしたちが泊まった宿は、もとは近江商人だった人がやってるそうだよ」

「それで近江屋なのね」

そして近江商人が多く泊まるのだ。

お遥は宿の女将に訊ねた。

「染吉さんという人も、こちらに泊まりますか？」

「染吉さん？」

六十前後の恰幅のいい女将は、二重顎の皺をさらに深くして考え込んだ。

「麻布《あさぬの》を売っている人なんです。色白で目が切れ長で、すらりとしたようすのいい二枚目の」

お遥は天衒から聞いた染吉の特徴を言った。

「ああ、あの染吉さんね。ちょっと前にここに泊まって上方《かみがた》に向かいましたよ」

「あの、お絹さんという女の人と一緒でしたか？」

お遥の胸は高鳴った。やはり染吉はお絹と一緒に旅をしているのではないか。

「いいえ、一人でしたね。だけど、お絹という人の話はしていましたよ。たまたまここで会った仲間に、まるで自慢するように」

女将は眉を寄せて嫌な顔をした。

染吉は絹をたぶらかし神向寺村から連れ出した。お絹は疑いもせずに、近江に行けば所帯を持てると思っていたらしい。しかし仲間は、染吉には女房が居ることを知っている。

『馬鹿言うなよ。だれがあんな田舎者を女房にするものか。江戸まで連れて来たら、吉原に売ってやろうと思っていたんだ。器量よしだからいい金になると思ってな』

しかし染吉の意を察したお絹は、隙を見て逃げてしまったのだという。

『今度はもっと、のろまな女にするよ』

高笑いする染吉に、さすがに仲間も苦い顔をしていた。

その話を聞いてお遥も気分が悪くなった。お絹という女は、なんという悪い男に目を付けられてしまったのだろう。

「それじゃあ、お絹さんはどこかへ逃げたきり、行方がわからないんですね」

「それがね」

それを聞いた仲間の商人がお絹を気の毒に思って、吉原の遊郭でその店を探し出し、絹の行方を訊ねたという。

「そのお絹さんという人は、親切な店の人に匿《かくま》われて、今は湯屋で働いているそうだよ」

お遥は、ぱっと眼前が開けたような気がした。会ったこともないお絹だが、無事に働き口を見つけて、天衙が言ったように江戸で暮らしていたのだ。

「よかった」

後ろで聞いていた徳造とお種も、心底うれしそうに息をついた。

「それでお絹さんは、どこの湯屋で働いているんですか?」

「橘町《たちばなちょう》だって言ってましたよ」


三人はこの朗報を、天衙に一刻も早く知らせようと道を急いでいた。

遠くに泉岳寺が見えてきた時、徳造が「そうだ」と突然声を上げた。

「どうしたの? 兄さん」

お遥が振り向くと、徳造の顔が輝いている。

「お絹さんを連れて帰ったらどうだろうね。天衙さんがあんなに毎日探しているんだ。一日でも早く会わせてやりたいじゃないか」

「そうだねえ。徳さん、いいこと言うじゃないのさ。やっぱり江戸にいたんだね。染吉ってやつに裏切られて、そんなところにいたなんて可哀想だねえ」

徳造もお遥も、うんうんとうなずいた。天衙が言うように、村に帰るに帰れなかったのかもしれない。

少し遠回りになるが、橘町を目指して歩くことになった。

日本橋を渡り、ごみごみした町中をしばらく行くと栄橋《さかえばし》があった。その向こうが橘町だ。

天衎は絵もなかなか上手で、お絹の似せ絵を描いてくれたことがある。細面《ほそおもて》で無邪気そうな丸い目をしており、右の目の下に泣きぼくろがある。

橘町の湯屋で、お絹の特徴を言って尋ねる。一軒目では、そういう女はいないと言われたが、二軒目の湯屋にお絹はいた。

天衎が書いた絵のように、右の目の下に泣きぼくろがある。柳腰《やなぎごし》で美人なのは想像通りだが、意外にも気の強そうな女だった。天衎の言うような、おとなしい女には見えなかった。

湯屋の裏口で、お遥たちはお絹と立ち話になった。

「天衎さんは、あなたのことをずっと探していたんですよ」

「天衎？」

お絹は尖った顎を上げて聞き返すとすぐに、「ああ、茂助のことか」と合点した。

「天衎さんは今、うちにいるんです。一緒に行きませんか？　なんなら今夜はうちに泊まってもいいんですよ」

お遥が言うと、徳造は大きくうなずいて、「ちょっと狭いですけどね」と付け加えた。

「あたしはあの人に会う気はないよ。ここが気に入ってんだ」

「でも、天衒さんはあなたに戻ってきて欲しいんですよ。だからとても大変な思いをして……」

「頼んでやしないよ」

「え？」

「あたしのことを探してくれなんて頼んでないし、あんな村に戻る気はこれっぽっちもないよ」

あんな村、というのを吐き捨てるように言った。

「でも……」

「嫌なんだよ、あの村が。それにあの家も。なにより茂助のことが大嫌いなんだ。あたしはあいつと離れられてせいせいしてるのさ」

お絹は甲高い声で叫んで、さすがにみっともないと思ったのか、襟《えり》を直して息を整えた。

「とにかく、あの人に言ってください。あたしのことは諦めて、って。あんたの顔は、もう二度と見たくないってね」

お絹はこちらの返事をまたずに、くるりと向きを変えると湯屋の中へ消えていった。

三人はしばらく口がきけなかった。

今起きたことが現実とは思えなくて、お遥はまるで夢でも見てるような気がした。

天衒が探しているとお絹が聞くと、お絹は悔悟《かいご》の涙を流し、『あの人は、本当に私のことを許してくれるんですか？』と、今度は喜びの涙を流す。お遥たちは、そんなお絹を連れてかなりあ堂に戻り、天衒と涙の対面になる……。

そんなことを胸に描いていただけに、お絹の態度はまったくの予想外だった。

すっかり気落ちした三人は、とぼとぼとかなりあ堂へ足を向けた。

留守番をしている天衒になんと言ったらいいのか。それぞれが胸の中で苦い思いで反芻《はんすう》しているので、自然に口数は少なくなる。

不忍池のそばを通ると、だれからともなく池のほうへ歩いていった。

西の空に大きな夕日が落ちるところだった。そろそろ鴨たちも餌場に飛び立つ頃だが、岸近くにいる鴨は、頭を羽に埋《うず》め水の上を漂っている。

「鴨の浮寝か。まるで天衒さんみたいだね」

お種がため息交じりに言う。

水の上で眠る鴨を、よく眠れるものだと感心していたが、まさに天衒も「憂《う》き寝《ね》」

ということか。

お絹を見つけたはいいが、伝えてくれと言った言葉を天衝が聞いたら、どうなってしまうのだろう。

「この先どうするんだろう。あの人」

徳造は深くうなずいて、「ほんとうですね」と、やはりため息をついた。

「それにしても、なんだって天衝さんの話とお絹さんの話は、こうも食い違っているんでしょうね」

「私、なんだかわかる気がする」

お遥は水面《みなも》にゆらゆらと浮く鴨を見つめながら言った。

「天衝さんは、お絹さんの本当の気持ちをわかろうとしないからじゃないかしら。お絹さんはこういう人だって自分が勝手に決めて、その枠からはみ出そうとするお絹さんを認めようとしなかったから……。私、そんな気がする」

「そうかもしれないけどさ。自分のいいところだけを見てくれる亭主がいるんだから、ありがたく思えばいいんだよ」

お遥の考えに同意しながらも、お種は腹立たしいようすで言った。

かなりあ堂はすでに店仕舞いをしてあった。

閉め切った板戸の前でお遥と徳造は、顔を見合わせうなずき合った。かねてからの相談のように、今夜、天衒にお絹と会ったことは話さない。もし話したら、天衒のことだからすぐにでもその湯屋に駆けつけるだろう。だが、天衒が到着する頃には湯屋は閉まっている。お絹の住まいは聞いてないので、無駄足になってしまう。たった一晩だが、天衒には心穏やかに過ごしてもらい、明日の朝に真実を告げるつもりだ。

板戸を開けると、ふわっと醤油の匂いがする。

台所に立っている天衒が湯気の向こうで振り向いた。

「やあ、ちょうどいいところに帰ってきた。鴨鍋の用意が整ったところですよ」

天衒はひげ面をくしゃくしゃにして笑った。

「帰りが遅いでしょう？　ははあ、これはどこか寄り道しているな、と思ったんですよ。泉岳寺とか増上寺《ぞうじょうじ》とかね、三人で楽しくやっているんだろうなって。いやいや、うらやましいわけじゃないんです。商売をやっていれば、そう簡単に物見遊山《ものみゆさん》に出掛けることもできませんからね。この機会に羽を伸ばしたらいいと思いましたよ。で、くたくたになって帰ってくる。それじゃあ俺が、腕によりを掛けて鴨鍋を用意しておくか、とこう思ったわけです」

「鴨鍋」

お遥と徳造が同時に声を張り上げた。この食欲をそそる醬油の匂いが鴨鍋だったとは。

お遥のお腹が、ぐうと音を立てた。

「悪いと思ったんですが、ちょっとだけ早く店を閉めて、鴨を捕ってきました。なにせ鴨は夜になるといなくなっちまいますから」

お種の分もあるので呼んできてくれと言う。

お遥が八百屋に行くと、お種は困り顔で手を振った。

「嫌だよ、あたしは。どんな顔をしていいかわからないじゃないか。お絹さんのこと、知らぬフリをしているなんて、きっと鴨の味もわからないよ」

嫌がるお種の腕を取って無理に連れて来た。

天衢の前で知らぬフリをする気まずさは、二人よりも三人のほうが、多少は気が楽というものだ。

鴨鍋を前に三人の罪悪感は薄れた。

「天衢さん、この鴨どこで捕ってきたの？　すごく美味しいね」

お種が鴨肉を頰張りながら言う。

「不忍池ですよ」

さらりと言ってのけた天衒の言葉に、三人の箸が止まった。

「不忍池……」

「ええ、そうです。なんたって、あそこにはいつも山ほど鴨がいますからね」

「あの、天衒さん。知ってますよね」

お遥は遠慮がちに訊ねた。

「あの池は殺生を禁じられているって」

「え？　まあ、そう言う人もいますけどね。あんなに鴨がいるのに、放っておくなんてもったいない。こんなに美味いんですから」

天衒は鴨肉を二、三枚箸で掬《すく》うと口に放り込み、にっと笑って見せた。

食欲が失せた徳造が、そっと箸を置く。

「あのさ、お役人に見つかったら御縄になるってことは知ってるんだよね」

お種は、信じられないという顔で首を振る。

「もちろん知ってますよ。だけど、見つかったらってことですよね。見つからなければいいんです。俺は見つからないようにやったから」

徳造は二人のやり取りを不安げに見ていたが、「この鴨を食べたあたしたちは、お咎《とが》めを受けるんでしょうかね」とぼそぼそと言った。

天衒が徳造の肩をバシンと叩いて笑った。

「そんなことあるもんか。みんなは知らないで食べたんだ。なんの咎もないさ」

「そ、そうよね。鴨は鴨だもの。知らなかったっていうことにして、美味しくいただきましょうよ」

お遥は、そう言って笑ったが顔の半分が引き攣《つ》っていた。

とにかく鴨は美味かった。それにお絹のことがすっかり脇に追いやられてしまったので、まがりなりにも楽しいひとときを過ごすことができたのだった。


翌朝、店を開ける前にお遥と徳造は天衒に告げた。近江商人の染吉がひどい男で、お絹が吉原に売られそうになったこと。辛くも逃れて今は橘町の湯屋にいることを。

聞くやいなや天衒は、かなりあ堂を飛び出そうとした。

「待って、天衒さん。話には続きがあるの」

お遥と徳造は必死の思いで引き留めた。

「お絹を迎えに行くんだ。早く行ってやらないと。俺のことを待っているんだ」

「天衒さん、話を聞いて。ゆうべは言わなかったけど、私たちお絹さんに会ってきたの」

天衒は顔を上げて、一瞬、呆けたような顔になった。だがすぐに頬を紅潮させ、お遥の肩を両手で掴んだ。

「お絹は達者だったのか？　お絹になにかあったのか？」

「お絹さんは達者でしたよ。天衒さんがずっと探していることも言いました」

「そ、それでお絹は……」

お遥は大きく息を吸って心を整えた。

しかしお絹の言葉を伝えようとすると涙が出てくるのだ。天衒がどんなに傷つくかと思うと、とても言えなかった。

「兄さん」

お遥は徳造に助けを求めた。だが優しい徳造にお絹の言葉を伝えられるはずもない。徳造も泣きそうな顔をしていた。

「あのね、天衒さん。お絹さんは湯屋で働いているんだけど、今の暮らしが気に入っているんですって。だから神向寺村に帰る気はないし、天衒さんにもそう伝えて欲しいって……」

言い終わらないうちに天衒は、止めようとする徳造の手を振りほどき、店の外へ駆け出して行った。

お遥は体から力が抜けてしまって、店の上がり口に座り込んだ。

徳造が隣に座って、お遥の肩を叩いた。

「大丈夫だよ。きっと天衒さんにはもうちょっと優しい言い方をするはずだ。あたしたちに言ったみたいな言い方を、お絹さんはしないよ」

「うん。私もそう思う」

しかしどんな言い方をしたって、天衒は打ちのめされるだろう。それを思うと、なんともやるせないのだった。

その日、天衒は帰ってこなかった。

お絹と夜を徹して話し合っているのか。神向寺村へ一緒に帰ろうと説得しているのかもしれない。だが、どうしてもそうは思えず、傷心の天衒が江戸の町を、あてもなくさ迷っている姿ばかりが心に浮かんだ。

浅い眠りのまま空が白みかけ、お遥はのろのろと起き上がった。顔を洗うために井戸に行こうと裏口を出ると、足もとに紺色の巾着と手紙があり、風で飛ばないように石ころで重しがしてあった。

手紙を読み、巾着の中を確かめる。徳造に知らせようと振り返ると、徳造が立っていた。やはり眠れなかったとみえ、むくんだ顔をしている。

「兄さん、天衔さんから」

手紙を渡すと、徳造は読み始めた。

天衔の手紙には、お絹と会ったことなどは、なにも書いていなかった。ただ、神向寺村には帰るつもりはないので、このまま江戸にいること。いつか鴨鍋屋を開くから食べに来てくれ、と気楽な調子で書いてあった。そしてお金は世話になったお礼だから遠慮なく受け取ってくれともあった。

「お金、こんなにたくさん」

お遥は巾着を開いて徳造に見せた。

「天衔さんは、お金を儲ける才能もあるんだね。ひょっとすると鴨鍋屋もすぐに開いてしまうかもしれないね」

たぶん天衔はお絹と話をしたのだろう。お絹の手厳しい言葉を聞いたかもしれない。そして冷静になるために一日中、江戸の町を歩き回り、これからどうするかを考えたに違いない。

たった一日で立ち直る天衔は、素直にすごいと思う。徳造の言うようにいずれ鴨鍋屋の主人になるだろう。

「でも、どうして神向寺村に帰らないのかしら」

「うーん。訊いてみなきゃわからないけどね、ひょっとするとお絹さんのいる江戸にいたいんじゃないのかな」

そうかもしれない、とお遥は暗然として天衎の身の上を思い遣《や》った。

「へええ、なんだか気の毒だねえ」

お種はお八つの饅頭《まんじゆう》をお遥に差出しながら言った。饅頭の皮は茶色で、鴨の頭の焼き印が押してある。桔梗屋《ききようや》の前を通ったら、鴨饅頭というこの菓子が見えたので、鴨鍋のお礼に天衎に食べさせようと買ったのだという。

「鴨鍋屋をやるなんて、あの人らしいね。立ち直りが早くて驚いたけどさ」

お種はパクリと饅頭にかぶりつき、頰を膨らませたまま動きを止めた。そして急いで呑み込み早口で言った。

「まさか鴨を不忍池で捕ったりしないだろうねえ。また御縄になっちまうよ。心配だねえ」

お遥と徳造も饅頭を食べ、「美味しい」と顔を見合わせた時だった。店の外に人影があり、なかなか入って来ない。どうしたのだろう、とお遥が外へ出ようとすると、鳥籠を持った女人《にょにん》が、はにかむような微笑みで立っていた。

お早代だった。後ろには荷車を引いた老人がいる。

「お早代さん」

徳造が叫ぶと同時にお遥を押しのけた。

「徳造さん、私、来てしまいました」

頬を染めたお早代は、そう言ってにっこりと笑った。

第五話　小鳥合《ことりあ》わせ

　年が明けると、春は駆け足でやってきた。

　お遥は久しぶりに屋根に上った。首を伸ばして寛永寺の方角を見る。濃い緑の木が茂っているあたりが寛永寺だ。桜の季節が近づくと緑の木々の中に交じる桜色が増えていくのを、屋根から心待ちにして見ていたものだった。

　さすがに今は桜には早いが、今年は暖かいのできっと早く咲くに違いない。

　お遥は頭《こうべ》を回《めぐ》らして長崎のほうを見た。

　伊織は元気だろうか、と日に何度も思う。伊織と一緒に行かなかったことを後悔しているわけではない。ただ、自分の気持ちを伝えていないのが残念でならなかった。なにせ伊織のことを言葉で言い表せないほど好きだとわかったのは、遠ざかる伊織の後ろ姿を見た時なのだ。

　あの時追いかけて行って、『伊織様のことがすごく好きです』と言えばよかった。

　だがしかし手紙に書くのは、それはやってはいけないという気がする。伊織と自分は、もう違う道を歩き始めたのだ。言葉で伝えるのと手紙とでは重さが違う。伊織のこれからの人生を縛ってはいけない。

「お遥ちゃん」

お早代がひょっこりと顔を出した。

「私もそちらに行っていいかしら」

「ええ、どうぞ」

お早代は梯子《はしご》を上り、こわごわ屋根の上を歩いてお遥の隣に座った。

「ああ、いい気持ち。ずっと向こうまで見えるわ。富士山も見えるの？」

「見えますよ。でも今日はあっちのほうは雲が掛かってますね」

お早代は残念そうに富士山があるほうに顔を向けた。

お早代は祖父の忠左衛門が亡くなったあと、亡父の妹の嫁ぎ先に身を寄せた。婿養子をとって、松崎家を存続させるというやり方もあったのだが、お早代は家を断絶するほうを選んだのだ。

しかし叔母の家では肩身が狭い上に姑《しゅうとめ》が健在で、この人がなにかとお早代に辛《つら》く当たるのだという。

お早代の心の中にはいつも徳造がいたのではないかとお遥は思う。だから婿養子をとらずに、辛い立場になることがわかっている叔母の家に行ったのだ。

『徳造さんに、帰れと言われたら尼寺《あまでら》に行くつもりでした』

と言ったお早代の顔は少しも深刻ではなかった。徳造が夫婦《めおと》になることを拒むはずはないと確信があったのかもしれない。

だから翠雲の入った鳥籠一つを持ち、かなりあ堂にやって来たのだ。もっとも叔母の家の下男に頼んで、着物などが入った柳行李《やなぎごうり》を荷車に積んではいたのだが。

「あ、御隠居さんがこちらに来るわ」

お早代は立ち上がり、来た時のようにそろそろと屋根を歩いて梯子を下りていった。押し掛け女房のような形でお早代が来てから数ヵ月がたった。今ではすっかり飼鳥屋の女将が板に付き、特に播磨屋の御隠居とは気が合うようで親しくしていた。もっとも御隠居は温厚な人柄なので、誰とでもすぐに仲良くなってしまうのだが。

お遥も屋根を下りて店に向かった。御隠居はやはりお喋りをしに来たようだ。お早代のことをとりわけ気に入っていて、二人はとりとめのない話をいつまでも楽しそうにしているのだった。

「お遥ちゃんもどうだい？　一緒に行かないか」

御隠居はお遥の顔を見るなり、目を細めて言った。

「行くって、どこへですか？」

「小鳥合わせですって。カナリアの」

お早代は胸の前で手を合せ、小さく飛び跳ねた。

「いつあるんですか？」

「十日ののちだ。安藤《あんどう》様の御屋敷でな。殿様も優しいお方で鳥好きが集まるんだよ」

と御隠居は太い眉をへの字に曲げて微笑んだ。

「お遥ちゃん、一緒に行きましょうよ。ね、おまえ様も」

お早代がそう言って振り返ると、徳造は赤くなってへどもどしている。「おまえ様」と呼ばれることにまだ慣れていないのだ。

お遥は、くすりと笑って、「じゃあ、決まりね」とお早代とうなずき合った。

「御隠居さんは、例の白カナリアを出すんですね」

御隠居は去年の夏に、かなりあ堂から白カナリアを一羽買っている。巣引きはさせず、眺めて楽しむだけだと言っていた。しかし珍しい白カナリアなら小鳥合わせに出せば、一等を取れるかもしれない。

「いいや、やめておくよ。あれはだれにも見せないんだ」

御隠居は自嘲気味な、それでいて悲しそうな吐息《といき》を漏《も》らした。

お遥は、「ああ」と心の中でうめいた。御隠居はやはり白カナリアをお滋と重ね合わせているのだ。あんなにも可愛がっていたのに、親を捨て男と駆け落ちしてしまった娘、お滋。もし誰の目にも触れないところに隠しておいたなら、今も自分のそばにいてくれたのではないか。御隠居はそんなふうに思っているのかもしれない。

御隠居が帰ってしまうと、お早代は襷を掛け、鳥籠を洗うために井戸へ向かった。お遥も手伝おうとあとを追った。すると徳造がお遥を呼び止めた。

「御屋敷から迎えが来たんじゃないのかい？　いつもの駕籠がこっちに向かってくるよ」

通りへ首を出して見ると、切棒駕籠がこちらへのんびりと向かっている。

「今日は御屋敷に行く日じゃないよね」

「そうよ。お方様は特に用がなくても、話し相手が欲しいときにお呼びになるの」

お遥は襷をはずしながら言った。これまでは、お方様の気持ちは嬉しくもあり、多少迷惑でもあった。しかしお早代が来てからは、嬉しさや楽しさのほうが勝るようになった。徳造一人に仕事を押しつけてしまう、という後ろめたさがなくなったからだ。

「義姉《ねえ》さん、御屋敷に行ってきます」

裏口から大声で叫ぶと、お早代が前掛けで手を拭きながらやってきて、徳造の隣に並んだ。

「じゃあ、行ってきます」

お遥は改めて二人に挨拶をした。「行ってらっしゃい」と声を揃え微笑む二人は、似合いの夫婦だった。


平岡様の御屋敷では、お方様がいつもの御居間で待っていた。広げた絵図面は、いよいよ普請が始まるという時に新たに描かせたものだ。彩色《さいしき》が施《ほどこ》され、見ているだけで、あたかも庭園ができあがったかのように思わせてくれる豪華な絵図面だった。

「のう、お遥。やはり花見にはここを人々に開放したいものじゃな」

築山《つきやま》から黄金池を半周するあたりには、満開の桜の絵が描かれている。絵図面ではそうなっているが、実際には貧弱な幼木が植えられているのみで、今年の開花時期にはほんの数輪の花が咲くにすぎないのだ。

「今年はまだ花見には早いかと存じます。来年になれば木も大きくなって……」

「それはわかっておる。だが今年やりたいのじゃ。花見を」

お子様を手放されてから初めて迎える春だ。にぎやかに花見をしたいという気持ちはよくわかる。だが桜だけではなく、植えたばかりの他の木や草花も、たくさんの人が立ち入ることで弱るおそれがあると庭師は言っていた。

御普請方の佐藤とお遥が何度も説得を試みたが、お方様はどうしても花見がしたいと言ってきかないのだった。佐藤のいうことは比較的素直にきいていたお方様だが、これに限っては佐藤も手を焼いていた。

「町の人々が自由に、というのは無理ですけれど、私の兄夫婦や友だちを何人か、お花見に呼ぶというのはどうでしょう」

「お遥の兄や友だちを呼ぶというのはいいのう。是非に」

お方様の顔がにわかに晴れやかになった。

「ありがとうございます。お方様のお知り合いもたくさん呼んでにぎやかに……」

「それはいらぬ。堅苦しいのは嫌じゃ」

なるほど、とお遥はいろいろなことが腑に落ちる気がした。おそばにお遥をたびたび呼ぶのも、そういうことだったのか。まわりにいる方々は、お方様をお世継ぎの御生母として扱うので、自然に四角四面な対応になってしまうのだろう。

心の裡《うち》をわかっているつもりになっていたお遥は、いまさらながらに、お方様の孤独に胸を痛めたのだった。

「この先の左内坂《さないざか》を上ったところですよ」

市谷御門を抜けると、前を歩いていた御隠居は、ちょっと振り返ってお遥とお早代に言った。

四千五百石の御旗本、安藤杢太郎《あんどうもくたろう》は鳥好きの間ではよく知られた人物だった。お遥たちも名前だけは知っていたが、会ったことはない。

安藤は鳩を好んで育てており、屋敷にはキンバト、ギンバト、アオバト、キジバト、レンジャクバトなど多くの種類の鳩がおり、世の中のすべての種類の鳩を集める、と豪語しているらしい。

しかしこの数年、どういうわけかカナリアに傾倒し、今年初めてカナリアの小鳥合わせを屋敷で開くことになったという。

「殿様のカナリアはまだ少ないんでな、こうやって小鳥合わせを開いて、たくさんのカナリアを観賞しようという趣向なんだ。だけど、鳩はすごいんだよ。それだけでも見る価値はある。お遥ちゃんに見せてあげたくてね」

御隠居はそれだけ言うと、並んで歩いている徳造と鳩の話などを熱心に始めた。

「御隠居さんはお遥ちゃんのことを、とても気に入っているわよね」

お早代はお遥の耳元でささやいた。

「あら、お早代さんこそ御隠居さんに気に入られていると思いますよ」

「ううん」

お早代は、わざと難しい顔をして首を横に振った。

「お遥ちゃんのことは、実の娘のように……いいえ、孫かしら。そんなふうに思ってるって感じるわ」

そうだとしたらありがたいことだが、こんなことを御隠居の前で言えば、きっと気まずいことになるだろう。娘のお滋が出奔《しゅっぽん》したことを知っている者は、だれも御隠居の前で「娘」とか「お滋」などと口にしないのだ。

お遥は一段と声をひそめて、お滋が銀次郎と駆け落ちしたことを簡単に話した。

「半年くらい前だったかしら、ようやく元気になったみたいで顔を見せてくれるようになったんですよ。でも、まだ無理して笑っているようなところがあるんです」

「まあ、そんなことがあったなんて……。なんてお気の毒な」

お早代は御隠居の後ろ姿を見つめて、小さく息をついた。

長延寺《ちょうえんじ》の門前町を通り抜けると、そこが安藤家の屋敷だ。西側には尾張様の広大な上屋敷がある。高い塀の向こうには木立《こだち》が鬱蒼としていて、怖いくらいに深閑《しんかん》としていた。

御隠居は安藤家の門番に軽く頭を下げ、同行するのがお遥たちだと半身《はんみ》になって告げた。

今日はたくさんの客があるはずで、門番も小さくうなずいて通してくれた。

門からは、玄関へ続くであろう飛び石伝いにしばらく歩く。大きな構えの玄関が見えてきた頃、そちらへは向かわずに庭のほうへと別の番人に誘導された。

広い庭を見渡せるようにという意図なのだろう、長い濡《ぬ》れ縁《えん》が奥の方まで続いている。その向こうには人の背丈よりも大きな鳥小屋がずらりと並んでいた。

一番手前の鳥籠にはアオバトが六羽入っていた。背中は深い緑色、頭から胸にかけては美しい黄緑色をしていて、雄は翼の上部が赤褐色《せきかっしょく》をしている。止まり木で羽づくろいをしたり、地べたの餌をつついたりして、思い思いにのんびりと過ごしている。

次の小屋はクジャクバトだった。ここは広い鳥小屋に番と思われる二羽だけがいた。

「うわー。きれい」

お遥は鳥籠に飛びついて声を上げた。

真っ白なクジャクバトは、孔雀のように扇状の飾り羽が立っている。小首をかしげ、黒く光る目でお遥のほうをじっと見る姿が可愛らしい。

キンバト、ギンバト、キジバトと次々に鳥籠へ顔をくっ付けるようにして見ていく。すると御隠居と、この家の用人《ようにん》らしい人物が、にこにこと笑ってお遥を見ていた。

「こんなふうに喜んでもらえたら、殿様もさぞ満足でしょうな」

つい夢中になってしまったお遥は赤面して首をすくめた。

「鳩ってこんなに可愛いんですね。歩き方とか丸い頭や胸とか鳴き声とか」

お早代も頬を紅潮させて鳩に見入っていた。

「こちらは長岡《ながおか》様だ」

御隠居はこの御屋敷の用人、長岡にお遥たちを紹介した。かなりあ堂の主人と家族と知って、長岡はお遥たちに親しみを覚えたようだ。

「さあ、こちらから広間のほうへどうぞ。ちょうど評者たちが票をまとめているところですよ」

濡れ縁から屋敷の中に入ると二十畳ほどの部屋には、カナリアの入った鳥籠が載った卓子《たくし》がずらりと並べられている。

部屋の奥では身なりのいい大店の主人のように見える男や、大身《たいしん》の旗本、いかにも小鳥が好きそうなお武家様、職人の親方風の人が額を寄せ合って、なにかを話していた。それぞれが手に紙束と筆とを持ち、どの鳥を一番にすべきか、などと話し合っているようである。

こんなにたくさんのカナリアが一堂に会するのは見たことがない。お遥は胸が高鳴るのを抑えつつ、一羽一羽を静かに見ていった。なんといってもカナリアは、繊細でおとなしい鳥だ。飼い主にあまり甘えることもしない。そんなところを気品があると賞賛する人もいる。それに警戒心が強く、不用意に顔を近づけると怖がらせてしまうこともある。現に今、お遥がそっと顔を近づけたにもかかわらず、この極黄《ごくき》のカナリアは止まり木の向こうの方へ、後ずさりしてしまった。

「ごめんね。驚いちゃった？　あなたがあんまりきれいだから」

「ほんとね。とてもきれいな黄色だわ」

お早代も顔を近づけ、小声で言った。

立ち姿もきれいだし、尾羽がすらりと長いのも好ましい。もう、この鳥が一番でいいのではないかと思うが、隣の籠を見れば、そこには野生種の特徴を多く引き継いだ、茶と黄色の羽がうろこ状の縞模様になっているカナリアがいる。絹のような光沢がある羽がなんとも言えない美しさだ。これはこれでまた素晴らしいカナリアだと思う。小鳥合わせに出すだけあってどの鳥も美しい。ただ白カナリアにいい鳥はいなかった。出品されていた数羽は残念なことに真っ白ではなく、翼の先にわずかに茶色の羽が混じっていた。御隠居の白カナリアが成長した姿は見ていないが、幼鳥の頃は真っ白だったはずだ。話を聞こうと広間の中を見渡すと、御隠居は真ん中あたりの卓子の前で、まるで地蔵のように固まって立ち尽くしていた。目は正面の鳥籠の中に注がれている。

声を掛けるのも憚《はばか》られて、お遥は横からそっと鳥籠の中を見た。

思わず声が出そうになって口を押さえた。

そこには、かつて見たことのない真っ赤なカナリアがいた。他の鳥は青菜を食べているが、これはカボチャと人参を食べていた。餌皿《えざら》の餌も赤く、どうやら紅粉《べにこ》を交ぜているようだ。こういう餌を食べさせて赤いカナリアを作るという話は聞いたことがあるし、実際に見たこともある。だが、ここまで赤い鳥を見るのは初めてだった。

御隠居も相当に驚いているらしく、息をするのを忘れているのではないかと思うほどだ。

「御隠居さん」

お遥はしばらく待ってから、そっと声を掛けた。しかしお遥の声は届いていないようだった。

「御隠居さん」

今度は袖を引いた。

「あ、お遥ちゃん」

自分が我を忘れて赤いカナリアに見入っていたことに、ようやく気付いたようだ。

「びっくりですね。こんなに赤いなんて」

「ああ、あたしは自分の目がどうかしちまったのかと思ったよ。それにこの黒くて丸い目の愛らしさはどうだい。ほら、またあたしを見た。こうやってさっきから、なにか言いたそうにあたしを見るんだよ。可愛《かわい》いねえ」

御隠居が言うほど赤カナリアの顔つきは可愛いわけではないが、自分を見る仕草が可愛いのだと力説する。これは相性というものだろう。赤カナリアと御隠居は、一瞬で相思相愛となってしまったようだ。

「いかがです？　紅丸《べにまる》がお気に召したのならお譲りしますよ」

いつの間にやって来たのか、総髪《そうはつ》の医者が立っていた。年は四十くらい。額が広く鼈甲《べっこう》細工の眼鏡《めがね》を掛けていて、唇がいやに薄い。黒い十徳《じっとく》を羽織っており、手には薬箱を提げていた。小引き出しがたくさん付いており、隅の金具がぴかぴかに光っている。

「お譲りいただけるんですか？」

御隠居はまさか売ってもらえるとは思っていなかった、という顔で目を輝かし、お金はいくらでも出します、と今にも言い出しそうだった。

「御隠居さん、いいんですか？　これ以上小鳥を増やしてはいけないって息子さんに言われていたんじゃないですか？」

跡を継いでいる息子とお滋に言われている、と話していたことがあった。それにこの紅丸という赤カナリアは羽こそ赤いが、顔つきや立ち姿はそれほどよいカナリアとは言えない。目の周りの羽の荒れ具合も、なにか健康上の問題がありそうに見える。

「一羽くらい増えたっていいんだ。息子にわかるものか。うちには白カナリアがいるだろう？　あれの隣にこの紅丸を置いたら、紅白でめでたいことこの上なしだ」

「ほう、白カナリアをお持ちですか？　それならぜひ紅丸を隣に置いてあげてください。きっと良いことがおきますよ。商売繁盛、一陽来復《いちようらいふく》、延命息災《えんめいそくさい》間違いなしです。それに今日の鳥合わせでは一番になるでしょうな。見たところ紅丸ほど美しい鳥はいませんから」

医者は胸を反《そ》らしてうなずいて見せた。

御隠居が頬を上気させ、「おお」と感に堪《た》えないように呻《うめ》いた。

「で、いくらで譲ってもらえますか」

「三十両です。もうこれがギリギリですから、一両だってまけません。何人かに売ってくれと言われているんですよ。だけど値切るような人に売るつもりはありません」

医者はにっと笑った。

御隠居はちょっとひるんだが、すぐに金を用意できると踏んだらしい。

「いいでしょう。明日にでもお金を用意してお宅に伺いましょう」

「わしはこの紅丸をだれにでも売るというわけではないのです。ここまでにするのに、どれほど手間をかけ、愛情をかけたかわかりません。ですから、どんなところで紅丸が暮らすことになるのか、確かめてからでなくてはお売りできないのです」

「それはもっともです」

二人の間で、鳥合わせ会が終わったら御隠居の住む播磨屋へ行くことが、すぐに決まってしまった。

「それでは後ほど」

医者は慇懃《いんぎん》に頭を下げ、向こうへ行ってしまった。

「御隠居さん。高いですよ。もっとゆっくり考えたほうがいいです」

「買いたいのは、あたしだけじゃないんだ。言っていただろう？　何人かが欲しがっている。さっさと決めてしまわないと、だれかに先を越されてしまうよ」

「でも……」

「あたしは紅丸が欲しいんだよ。老い先短い身だ。お金を持ってあの世には行けないからね。生きているうちに欲しいものは買いたいんだよ」

御隠居は若い頃にとても苦労したと聞いたことがある。寝食を忘れて働いて播磨屋を軌道に乗せ、息子に身代《しんだい》を譲り、ようやくのんびりと暮らすことができたのだと。

小鳥合わせの結果が出た。

一番は極黄のカナリアだった。

紅丸ではなくて、さぞがっかりしているだろうと思ったが、御隠居はむしろ喜んでいた。

「一番を取ったら、値がつり上がったかもしれない」

御隠居はほくほく顔で医者と連れだって帰って行った。

播磨屋から御隠居の使いが来たのは翌日のことだ。小僧さんの話は少しも要領を得ず、とにかく急いでお遥に来て欲しいということだった。

お遥が行ってみると、御隠居は自分の部屋がある離れにいた。悄然《しょうぜん》と肩を落とし、日の当たる縁側に座っている。

「御隠居さん、どうかしたんですか？」

裏木戸から庭を回ってやってきたお遥は、昨日とは打って変わった御隠居のようすに驚いた。

御隠居はちらりとお遥を見たが、深いため息をついてさらに体を縮めた。

「お遥ちゃんの言うことを聞けばよかったよ。あたしは騙されちまった」

「騙されたって、いったいなにを……」

「これを見ておくれよ」

御隠居は立ち上がって奥へ行くので、お遥もあとをついていった。

たくさんの鳥籠が棚に並んでいる。ヤマガラが多いが次に多いのはカナリアのようだ。白カナリアは一羽だけが、特別に豪華な黒塗りの鳥籠に入れられていた。

その隣には、例の赤カナリアがいるのだが、お遥は一目見て首をかしげた。あれほど鮮やかな赤色をしていたのに、まるで違う鳥のように色が抜けていた。

「水浴びさせたんだよ。そしたら盥《たらい》の水が赤くなってね」

「ええっ。それじゃあ、色を付けていたってことですか？　ひどい」

三十両の価値なんかなかったんですね、と言おうとして振り返ると、御隠居は鳥籠の棚に手をつき肩で息をしていた。目の焦点が合っていない。

「御隠居さん、しっかりして」

お遥は御隠居の腕を取って体を支え床に座らせた。

「待っててくださいね。今、家の人を呼んできますから」

立ち上がると、御隠居がお遥の袖《そで》を引いた。

「いいんだ。めまいがしただけだから、すぐによくなる」

「でも」

「息子には知られたくないんだ」

「紅丸を買ったのは内緒なんですか？」

御隠居はうなずいた。

しばらくすると、御隠居の顔色はよくなった。女中がお茶とお菓子を持ってきたので、二人、縁側に並んで座った。

「すまなかったね。だれかに聞いてもらいたかったんだ。だれにも言わないでいるっていうのは苦しくってね。お遥ちゃんに聞いてもらいたくて来てもらった……」

御隠居は、ずずっと音を立ててお茶を飲んだ。

「おかげで少し気持ちが楽になったよ」

「御隠居さん、私でよかったらいつでもお話を聞きますよ」

「ありがとう」と御隠居は目を細めた。

とりとめのない話をして半刻ほどを過ごし、お遥は暇乞《いとまご》いをした。来た時と同じように裏木戸から出て表に回ると、店の中から店の主人、つまり御隠居の息子、進之介《しんのすけ》が慌てたようすで出てきた。

「おとっつぁんのところに来ていたんですね」

進之介は父親の御隠居によく似た大きな目をぎょろりとさせて訊いた。

「はい」

「うちの小僧が呼びに行ったそうですが、なんの用事だったんですか？」

「あ……、ええっと」

「どうもようすがおかしいんですよ。なにかあったみたいなんだが、家の者にはなんでもないって言い張って。父はあなたに、なにか話したでしょう？　教えてもらえませんか？」

お遥は困り切ってうつむいた。

「お滋がいなくなってから、父は人が変わってしまいましてね。表面上はにこやかにしていても、だれも見ていないところでは、ひどく暗い顔をして物思いにふけっているんです」

やはりそうだったのか。明るく振る舞っていても、お滋のことはまだ御隠居の心に暗い影を落としていたのだ。ひょっとすると、そんな心の欠落を埋めたくて、赤カナリアを買ったのかもしれない。

「内緒だ、って言われたんですけど……」

「あなたから聞いたということは言いません。教えてください。お願いします」

お遥は騙されて赤いカナリアを買った話をした。

「さ、三十両……。それはひどい」

進之介はこめかみに指を当て、「よく話してくれました」などと礼を言っていたが、足もとがふらついていた。

お遥はなんと言って声を掛けていいかわからず、ただ後ろ姿を見ていた。

かなりあ堂に戻る道を歩いているうち、お遥は腹がたってきた。いくら播磨屋が大店でも三十両は大金だ。娘に去られた傷心の御隠居と、そんな父を気遣う息子の進之介を、こんな目に合わせるなんて。

「許せない」

お遥はかなりあ堂へは行かず安藤家に向かうことにした。用人の長岡に聞けば赤カナリアを売った男の居場所がわかるかもしれない。名前は太田月斎《おおたげっさい》だと御隠居から聞いているが、嘘である可能性が高い。

「ちょいとお遥ちゃん、どうしたんだよ。そんな怖い顔して」

気が付くと豆腐屋の前だった。おかみさんが腰に手を当て、たぶんお遥よりも怖い顔をして睨《にら》んでいた。

「そんなんじゃ、いい、いいとこに嫁にいけないよ。女はいつもにこにこしてなきゃ」

以前から、いいとこに嫁に行けと会うたびに言っていたが、伊織が長崎に行ってしまうと、さらに力を入れて言うようになった。お種からだいたいのいきさつは聞いているものと思われる。

「はい。すみません」

お遥は殊勝《しゅしょう》らしく答えた。

「裸足《はだし》で町内を走り回らなくなって、ちょっとは女らしくなったかと思って安心していたのにねえ」

もっと化粧をしろ、せめて紅《べに》を差せ、そばにお早代という手本がいるのだから、女らしい振る舞いを身に着けなきゃならない、などとまだまだ続きそうである。

「はーい。その先はまた今度聞きます」

お遥が身を翻《ひるがえ》して駆け出すと、「走るんじゃないよ」とおかみさんの怒鳴り声が背中で聞こえた。

市谷御門から左内坂へと駆け上がり、安藤家の門の前で息を整えた。門番に長岡様への取り次ぎを頼む。

次の間に通され、しばらく待つと長岡がやって来た。お遥は平伏して、「かなりあ堂の遥と申します。先日、こちらの小鳥合わせでお目にかかりました」と挨拶した。

「ああ、あの時の。播磨屋の御隠居と一緒に来た人だね」

「はい」

覚えていてもらったことが嬉しくて、お遥はにっこりと笑った。

「今日はどうしたのだね」

「あの日、御隠居さんが赤いカナリアを買われたのをご存じですか？」

「そうらしいね。ずいぶんと惚《ほ》れ込《こ》んでいたと聞いたが。それがどうかしたのかね」

お遥は、赤カナリアが色を付けただけの偽物で、御隠居は三十両もの大金を払ってしまったことを話した。

「御隠居さんは、そのせいで具合が悪くなってしまいました。息子さんも心を痛めています。私、なんとかしてお金を取り返してあげたいと思っているんです。赤カナリアを出品した太田月斎という人のことを、なんでもいいですから教えていただけないでしょうか」

お遥は一息に話し、「お願いします」と頭を下げた。

「むむ……。それは気の毒だ。ちょっと待っていなさい」

長岡は部屋を出て行くと、しばらくして紙の束を持って戻って来た。

「太田月斎。住まいは四谷塩町《よつやしおちょう》とある。そういう騙《かた》り者ならば、氏名も所も本当のことは言っていないだろう」

「はい。私もそう思います。でも一応、四谷塩町の太田月斎という人を訪ねてみようと思います。ほかになにか言っていませんでしたか？　仲間の話とか、カナリアをどこで手に入れたとか」

「そうだな……。カナリアは知人からもらい受けた、というようなことを言っていた。おお、そうだ。ちょっと前に上方からこちらに来たと言っていたな。言葉に上方《かみがた》訛《なま》りがあった」

「そういえばそうですね。言われないとわからないくらいですが、訛りがあったように思います」

長岡はさらに手掛かりになりそうなことを思い出そうとしてくれたが、結局はそれ以上のことはなかった。

安藤家を辞去したお遥は、その足で四谷塩町に向かった。一膳飯屋の女中や漬物屋の小僧さん、足袋屋の女将などに太田月斎の特徴を伝え、見たことはないかと訊いてまわったが、一向に手掛かりは得られなかった。

日が暮れかかり、お遥は肩を落として四谷大通りを歩き、かなりあ堂へと向かっていた。

予想はしていたものの、太田月斎についてなんの進展もなかったので、ひどく落胆していた。重い足を引きずるように、買物客で賑わう通りを歩いていた。

『月斎はどこでカナリアを手に入れたのかしら。それがわかれば……』

何気なく覗いた店は質屋だった。小僧さんが、質草《しちぐさ》なのだろう黒い箱を磨いていた。

その箱に見覚えがあった。小引き出しのたくさん付いた薬箱で、金具が金色に光っている。

「そ、それ。その薬箱」

お遥は叫びながら質屋の中に入った。小僧さんが驚いて尻餅《しりもち》をつく。

「驚かしてごめんなさい。この薬箱を持ってきた人はどんな人？」

立ち上がった小僧さんは、「さあ」と首をひねっている。

「甚吉《じんきち》っていう博打打《ばくちう》ちだよ」

店の奥から主人らしい人が出てきて言った。

「その甚吉っていう人は四十くらいで、額が広くて、こう、唇の薄い人ですか？」

「そうだね。唇は薄いかもね」

「その人、どこに住んでいるんですか？　今どこにいますか？」

「さあね。あいつの塒《ねぐら》までは知らないよ。だけどあんた、甚吉に用があるのかい？」

「私の知り合いが、お金を騙し取られたんです。私、取り返してあげたくて」

「あんたが取り返すのかい？　そりゃあ無理だろう。甚吉は筋金入りのワルなんだ。以前は上方で稼いでいたけど、一年くらい前に江戸にやって来てね、医者に化けて偽薬《にせぐすり》を売っていたんだ。それが今朝早くにやって来てな、大金が入ったんでしばらく草津《くさつ》にでも行ってのんびりする、なんて言ってたよ」

それで商売道具の薬箱を質に入れたという。

「草津で間違いないんですか？」

「さあ、それはどうかねえ。口から出任せに言ったのかもしれないし」

質屋の主人は懐手《ふところで》をして言った。

悪人と知っていて商売をするような質屋だ。この質屋も甚吉と同じだ。

お遥は、もうなにも言うまいと唇を引き結んで店を出ようとした。

ふと店の奥に掛かっている着物に目がとまる。そこには何点かの高級な着物が、まるで壁の飾りのように掛けられていた。

その中の振り袖に、お遥の目は吸い寄せられた。

紅梅色《こうばいいろ》の地に、堂々たる孔雀が羽を広げている。目にも鮮やかな飾り羽の青や緑、それを贅沢に使われた金糸《きんし》と銀糸《ぎんし》が縁取っている。

「この振り袖……」

「ああ、これかい。大した品だろう。だけど、おまえさんにゃあ買えないよ」

質屋は小馬鹿にするように笑った。

お遥の乳母、登代が寺に預けていたという振り袖ではないだろうか。お遥はもちろん見たことはないが、登代が、「それは美しいもの」だと詳細を語り、お遥が胸に思い描いていた振り袖そのものだった。寺の下働きの男、伊造《いぞう》が盗み出したことまではわかっていたが、その後、振り袖がどこへ行ったのかわかっていなかった。

見れば見るほど、これがその振り袖だという気がしてくる。

「これはいつからここにあるんですか？」

「うーん。いつだったかな。貧相な男が置いていったんだが……。去年の夏頃だったな」

間違いない。その頃、伊造と登代が二人連れだって歩いていたのが目撃されている。その直後に、伊造はなぜか金回りがよくなったという話だった。

「貧相な男がこういう品を質入れするって、おかしいと思わなかったんですか？」

「こっちは商売だからね。さあ、用がないのなら帰っておくれ」

質屋の主人は因業《いんごう》な顔つきで顎をしゃくった。

播磨屋へと急ぎながら、お遥の頭の中はあの振り袖で一杯だった。

亡き母が、お遥への形見として残してくれた振り袖。登代が命がけで守った振り袖。

播磨屋の看板が見えてきた時、お遥は頭を振って思いを振り払った。今は、甚吉のことだ。もし本当に草津に行ったのなら、急げば追いつけるかもしれない。

とにかく早く播磨屋の進之介に知らせなければならない。

お遥が店に顔を出すと、進之介は帳場を立って急いでやって来た。店の外で声をひそめて話をする。

「御隠居さんを騙した男の名前がわかりました」

お遥は質屋の主人とのやり取りを簡単に話した。甚吉の人相風体《にんそうふうてい》もできる限り詳しく教えた。

「そうすると今は、草津に向かっているかもしれないんだね」

「はい。今なら追いつけると思います」

「ありがとう、お遥ちゃん。あとはこっちでなんとかするよ」

進之介は頼もしい顔でうなずいた。

お遥は、ほっとして肩の力が抜けた。なんとかお金が戻ってきて、御隠居が元気になってくれるといい。そう思いながらかなりあ堂に帰ったのだった。

夕飯の膳についた時、お早代は言いにくそうに口を開いた。

「今日はどこへお出かけだったの？　いえ、詮索《せんさく》するつもりはないんですよ。ただずっと、なにかこう上の空で、心配事でもあるのかしらって思ったものですから」

「そうだよ、お遥。なんだか今日はようすがおかしいよ」

徳造も箸を持ったまま同意した。

言われて初めて自分が、ずっと振り袖のことを考えていたことに気が付いた。あの美しい振り袖が頭から離れず、なんとかしてもう一度、できれば手に取って見たいものだと、まるで熱に浮かされたように思い続けていたのだ。

「それが……。たまたま通りかかった質屋で、振り袖を見つけたの」

お早代もだいたいのことは徳造から聞いているはずなので、「振り袖って、お母上の形見の？」とすかさず訊いた。

「一目見た時に、これだって思ったの。違うかもしれないけど、だけどどうしても母の形見の着物のような気がして……」

「そうだったの」

お早代は何事かを考えている。膳の上の芋を箸でつまみ口に入れ、思案顔のまま咀《そ》嚼《しゃく》して呑み込んだ。

「その質屋さんに連れて行ってもらえないかしら。その振り袖を見てみたいの」

「私も、もう一度見たいと思っているんですが、そこの主人がとても意地悪なんです。『おまえさんにゃあ買えないよ』なんて言うんですよ。またなにか言われそうだわ」

「そうなの」

それを聞いてお早代は諦めたのだと思っていた。しかし翌日になると、「さあ、行きましょう」と朗《ほが》らかに言ったのだった。

「行きましょう、ってあの質屋にですか？」

「ええ、二人で行けば怖くないわ。だから早く着替えて」

「え？　着替え？」

「そうよ。ああいう店は、お客の身なりを見るものなの。だからこれを着て」

お早代が差し出したのは、梔色《くちなしいろ》の地に真っ赤な椿《つばき》がちりばめられた着物だ。帯は菊の柄に金糸で縫い取りがしてある。

「簪《かんざし》と櫛《くし》は一番いいものを挿してね」

お早代はにっこり笑った。

お早代の着物は裄《ゆき》も丈《たけ》も少々長めだが、着て着られないことはない。さっそく着込んでお早代に見せに行く。

青白磁《せいはくじ》に雪輪の着物、帯は鮮やかな南天《なんてん》の一枝《ひとえだ》という姿に着替えを済ましていたお早代は、振り返って言った。

「まあ、なんて可愛らしい。私が着るよりずっと似合うわ。そのびらびら簪もとってもいいわね。櫛は私のを使ってちょうだい」

お遥の櫛は、年季の入ったつげの櫛だった。お早代が道具箱から出してきたのは、金蒔絵に着物の柄と同じ赤い椿があしらわれた、いかにも高級そうな櫛だ。それをお遥の髪に挿してくれた。

お早代の櫛は黒漆地《くろうるしじ》に千鳥《ちどり》と流水《りゅうすい》の模様だ。上品でお早代にとても似合っていた。

二人で二階から下りていく。

「おまえ様、お遥ちゃんと、ちょっと出かけてきます」

「ああ、行っておいで」と振り返った徳造は、二人の姿を見て目を丸くした。「あ、あ……」と言葉も出ないようで口を開けていたが、はっと気が付いて、「どこへ行くんだい」と訊いた。

「お遥ちゃんの着物に会いに」

お早代が茶目っ気たっぷりに返した。

呆気にとられている徳造を尻目に二人は表通りに飛び出した。

四谷御門までもうすぐ、という所でお早代が訝《いぶか》しげに訊いた。

「質屋さんですけど、たまたま通りかかったって言いましたよね」

お遥は肩をすくめて、「ふふっ」と笑った。

「たまたまというのは、まあ、それはそうなんですけど……。実は」

御隠居が買った赤いカナリアは偽物で、お金を騙し取った太田月斎という男が四谷塩町にいるらしい、というので行ってみた。だが思ったとおりそれは嘘だった。その帰り道、その男が持っていたものと同じ薬箱を質屋で見つけ、店に入ると……。

「孔雀の模様の振り袖があった、という訳なのね」

「そうなんです」

「それで御隠居さんを騙した男というのは、結局見つからなかったのですね」

「太田月斎というのは嘘で、どうも甚吉という悪党らしいんです。大金が入ったんで、草津に行くと言っていたそうです。私、それを御隠居さんの息子さんに知らせました。息子さんはなんとかするって言っていたので、今頃はお店の人があとを追っているんだと思います。でもね、義姉《ねえ》さん」

お遥は前に回ってお早代に手を合わせた。

「このこと内緒なんです。御隠居さんは私だけに話してくれたんで、義姉さんは聞かなかったことにしてくださいね」

お早代は微笑んだ。

「わかったわ。それにしても、お遥ちゃんの優しい気持ちが、その振り袖に導いてくれたのね。お母上が天から見ていてくださったのかもしれないわ」

お遥の心に、ぽっと温かい灯《ひ》が灯《とも》ったような気がした。

お早代と並んで例の質屋に入って行くと、二人の身なりを見て質屋の主人も小僧さんも、とびきり上等な笑顔で、「いらっしゃいませ」と応じた。

だが、主人のほうは、一人がお遥であることに気が付くと渋い顔になった。

「おまえさん、昨日の」

「そうよ。今日はお客なの。あの振り袖を見せてくださいな」

店の上がり口に腰掛け、主人が振り袖を持ってくるのを待つ。

「さあ、どうぞ」

主人は不機嫌な態度を隠そうともせずに、振り袖をお遥たちの前に広げた。

上等な絹の手触りに、お遥は思わずため息をもらした。お早代は言葉もなく見入っている。

ひんやりとした滑らかな絹地は、よく見ると紗綾形《さやがた》の地紋があるのだった。孔雀の羽の精緻な刺繍もさることながら、こちらを振り向いた孔雀の、愁《うれ》いを含んだ高貴な眼差《まなざ》しは見るものを虜《とりこ》にする。

『母もこの着物に惚れ抜いていたに違いない』

お遥は、どういう訳か泣きたくなった。店を出るまではどうにか堪《こら》えていたが、通りに出るなりぽろぽろと涙をこぼした。

お早代が優しく肩を抱いてくれる。

「どうしたんだろう、私、なんだか急に悲しくなって……」

お早代が何度もうなずく。二人は言葉を交わすことなく、かなりあ堂へと戻ったのだった。

「これは内緒なの。だから兄さん、聞かなかったことにしてね」

徳造に、どこに行っていたのかと訊かれ、やはり御隠居が騙された話をしないわけにはいかなかった。

だれにも内緒だと言われたにもかかわらず、進之介、お早代、そして徳造に話してしまって、自分の口の軽さにお遥はげんなりした。

その夜、お遥は眠れなかった。

あの振り袖を、どうしても手元に置きたい。

着ることはないが、あれがそばにあれば、母や乳母の登代がそばにいてくれるような気がする。

だが、たったそれだけのために大金を出すなんてどうかしている。そもそもそんなお金はない。振り袖を買い受けるには、三十両のお金が必要だという。

絶対に無理だ。買えない。

何度も自分に言い聞かせるが、それでもやはり欲しい、と最後にはそこに落ち着くのだった。

ふと思いついた。

『佐藤様にお願いしてみようかしら』

花鳥庭園の完成までは、なにがしかの手当は貰っている。その手間賃を上げて欲しいと、佐藤になら頼めそうな気がする。しかし花鳥庭園はもうすぐ完成する。振り袖を買えるほどの手間賃はもらえないだろう。

『お方様なら……』

お遥は枕の上で首を振った。

お方様なら三十両のお金など、お遥にくれてやっても痛くも痒《かゆ》くもないだろう。お遥がお願いすれば、二つ返事で出してくれるかもしれない。

だけど……。だからこそ。

お方様に頼むことはできない。

それは、自分が大名家の娘だったという自負心だろうか。違う。決してそうではない。

あの善良で運命にあらがう術《すべ》を知らないお方様を、利用するようなことはしたくないのだ。

その時、お遥の頭に守り刀が浮かんだ。

千草色《ちぐさいろ》の拵《こしら》え袋に入った守り刀は、徳造がその存在をずっと隠していた。だが今は、お遥の枕元にある柳行李の奥底に仕舞われている。普段はあることも忘れているが、銀糸で刺繡された家紋や朱色の房も、ありありと思い出すことができる。

守り刀と振り袖とでは、どちらが値打ちがあるのだろう。

守り刀だろうか。いや、同じくらいか。

守り刀も振り袖も、どちらもお遥には無用の物だ。それならば振り袖を手元に置きたい。守り刀をあの質屋に持って行って、振り袖と取り替える。毎日触って眺め、母のことを胸に思い描きたい。

お遥は今度は激しく首を横に振った。

できない。

守り刀を手放すなんて……。

同じようなことを何度も繰り返し考えているうちに、外は白みかけてきた。

いくら考えても妙案は浮かばなかった。

翌日はついぼんやりしてしまい、失敗ばかりだった。翠雲にやるはずの豆をメジロの餌皿に入れたり、さっき水浴びさせたばかりのカナリアを、もう一度水浴び籠に入れようとしたりした。

そんな調子だったので、お早代の姿が見えないことに気づいたのは、昼を過ぎてからだった。徳造に訊いても、「ちょっとそこまで、って言ってたよ」と要領を得ない。

お遥は暇を見つけては柳行李の守り刀を手に取り、思い悩んでいた。

守り刀か振り袖か、どちらか一方を選べと言われたら、それは迷わず振り袖だ。だが、守り刀を持たせてくれた両親の気持ちを思えば、これはこれでずっと持っていたい。

お遥が何度目になるのか、自分の部屋で守り刀を前にじっと考え込んでいた。

「お遥ちゃん」とお早代の声がして襖《ふすま》が開いた。

「あのね、お遥ちゃん……」

お早代はなにかを言いかけたが、お遥の膝の前に守り刀があるのを見つけて、「だめよ」と静かな声で言った。

「え？　だめって、なにが？」

「その守り刀を質に入れて、振り袖を買うつもり？」

「まだ決心はつかないけど、もしこれで振り袖が買えるなら……」

「だから、それはだめよ。守り刀はお遥ちゃんを守ってくれるものですもの。私も母の顔を知らない。でも父の顔は覚えている。それに翠雲が母の声で、今も私を呼んでくれる。お遥ちゃんには、守り刀も振り袖も両方必要よ」

「でも、三十両なんてお金、どうすればいいのか……」

お早代はお遥の前に座って、抱えていた風呂敷包みをそっと置いた。

「私には母の形見の着物があるわ。心の支えなの。だからお遥ちゃんにも」

お早代が風呂敷包みを開く。

そこにはあの振り袖があった。

「これ……」

「お遥ちゃんのものよ。さあ、当ててみて」

立ち上がって肩に当てると、さらりと絹が滑り落ちた。

しっとりとした重みが、まるで母の肌のように温かい。

お遥は、はっとしてお早代を見た。

「これ、どうしたんですか？」

「私はかなりあ堂の主人、徳造の女房ですもの。仕事着と母の形見の着物があれば充分」

「それじゃあ、昨日の着物は……」

「あれが着納めね。お遥ちゃんが着ていた椿の柄のは、とっても似合っていたから惜しい気がしたけど、あの強突《ごうつ》く張《ば》りの質屋のところ以外に着ていくところもないし」

お早代がここに来た時は、荷車に柳行李がいくつも載っていた。あの中には着物や帯、簪に櫛、調度類が入っていたはずだ。

昨日、お遥に貸してくれた櫛も質屋に売ってしまったのかと訊くと、お早代は、「うんと高く買い取らせたわ」とまるで町人のおかみさんのような口ぶりで胸を張った。

御隠居の息子、進之介がかなりあ堂の店先に現れた。突然のことで、御隠居になにかあったのかと胸騒ぎがする。

店の間に腰を落ち着けた進之介は、徳造とお早代の耳を気にして、「例のあのことですが……」と言ったきり言葉に詰まった。

「兄さんと義姉さんは知ってます。私、喋っちゃいました」

お遥はペロリと舌を出した。進之介は笑う。

「実はお金を取り戻したんですよ。それで、お遥ちゃんが取り返したということにして、父に渡して欲しいんです」

「ええっ、取り返したんですか？　進之介さんがですか？」

「いや、私じゃありません。ある人に頼んで中山道《なかせんどう》を急いでもらったんです。大宮《おおみや》を過ぎたあたりで甚吉を見つけたそうです」

「全部返してもらったんですか？」

「いや、五両だけくれてやったと言ってました。せっかく草津に向かっているんですからね、丸裸にしてしまっては、逆に恨まれてしまうと思ったそうです」

「へえぇ、どなたが取り返したんですか？　甚吉は大変なワルだと聞きましたけど、そういう人と渡り合うなんて」

「それはちょっと言えないんです。そのうちに時が来たら……」

なんだか歯切れが悪い。

「それで、どうして私が取り返したことにするんですか？　進之介さんが、ということにしてはいかがですか？　その人にお願いしたのは進之介さんなんですよね」

「いや、まずいんだ」

進之介は困り切っている。徳造とお早代は仕事の手を休めて、事の成り行きを見守っている。

「実はね、父とはつまらないことで大喧嘩をしてしまって、ずっと口をきいていないんです。私が、その人に頼んでお金を取り返したと聞いたら、意地を張って受け取らないかもしれない」

「大喧嘩ですか」

御隠居も進之介も温厚な質《たち》だ。その二人が大喧嘩する訳とはなんだろう。

大喧嘩。

上方から来た甚吉。

上方……。

「あのう、お滋さんと銀次郎は、ひょっとして上方から戻っているんですか？」

「ええっ、どうして……」

進之介は、まるで女形《おんながた》が舞台で驚く芝居をするように、胸に手を当ててのけぞった。

「そうなんですか？」

ほとんど当てずっぽうだったので、今度はお遥が驚いた。徳造もお早代も目を丸くして驚いている。

「ひょっとしてお金を取り戻したのは、銀次郎さんなんですか？」

遊び人の銀次郎なら、そういう悪党の扱いを心得ているのかもしれない。

進之介は不承不承《ふしようぶしよう》うなずいた。銀次郎のことは内緒にしておくつもりだったのだろう。

「銀次郎が言うには、甚吉は上方では有名ないかさま師で、すっかり顔を知られてしまったので上方を離れ、江戸にやって来たのだそうです」

「お滋さんと銀次郎さんはどこにいるんですか？」

進之介は観念したように話し出した。

「お滋とはずっと手紙のやり取りをしていました。二人は今、和泉橋《いずみばし》近くの長屋にいます」

お滋からの手紙の内容を教えようとすると、御隠居はいつも怒って聞こうとしなかったという。進之介は時間がたてば、父の気持ちも和らぐだろうと呑気《のんき》に構えていたが、今年になって江戸に戻ってくる、という知らせが来た。

進之介としては、可愛い妹に住むところも世話をしてやりたいし、父とも和解してもらいたい。その一心でお滋のことは許してやって欲しいと、頭を下げて頼んだのだった。

しかし御隠居は、お滋が江戸に戻っても会うつもりはない、と相変わらず頑《かたく》なな態度は崩さなかった。

「それでつい言ってしまったんですよ。頑固だなって」

「それで御隠居さんが怒って大喧嘩に？」

「私は余計なことを言ってしまったんです。『そんなだからお滋はあんな男と駆け落ちしたんだ。みんなお父さんのせいですよ』って」

「まあ」

お早代が思わず、といった感じで声をもらし口を押さえた。

「去年の秋から一言も口をきいていません」

進之介はため息をついて肩を落とした。

「私のほうから折れて謝りもしましたし、なにかと話しかけようとするのですが、父が私を避けているのです。お滋のことは許すつもりはないようです。子供も生まれたというのに……」

「ええ、赤ん坊が生まれましてね、女の子だそうです。銀次郎は改心して真面目《まじめ》になったと手紙には書いてありました。私も見た限り、銀次郎はまっとうな人間になったように見えましたよ」

「今なんて？　子供？」

「御隠居さんは赤ん坊が生まれたことは、知っているんですか？」

「いいえ。話す機会がなくて」

進之介は重い息を吐いた。

「父は大金を騙し取られて、すっかり老け込んでしまいました。せめてお金だけでも返してやりたいんです。お遥ちゃんからこれを渡してください」

進之介は、「お願いします」と頭を下げた。懐から紫の袱紗《ふくさ》に包まれたものを取り出し、膝の前に置いた。

お遥はそれをじっと見つめた。ずいぶん長いこと見つめて、頭の中で忙しく考えを巡らせていた。

御隠居。進之介。銀次郎。お滋と赤ん坊。親子だからこそ、縺《もつ》れた糸がたやすく解《と》けないのだ。そこへ自分のようなまったくの他人が入り込めば、なにか状況が変わるかもしれない。うまくいくとは限らない。それでもこのままの状態では、みんなが不幸だ。

「わかりました。御隠居さんにお金を渡す前に、お滋さんに会ってもいいですか？」

「え？　ええ、いいですとも」

長屋の場所を詳しく訊くと、やはり銀次郎が以前に住んでいたあたりだった。

「お金はお店の金庫に入れておいてください。怖くてここには置いておけませんから」

進之介は、「くれぐれもよろしく」と金を懐に入れて帰っていった。

数日して、お遥は播磨屋を訪ねた。まず店のほうへ寄り、金を受け取る。

進之介がこわばった顔で重々しくうなずいて見せた。お遥もそれに応えてうなずき返した。

裏木戸から庭に入り、「御隠居さん、遥です」と家の中へ声をかける。我ながら声が上ずっていた。

「おお、お遥ちゃんか。上がっておくれ」

か細い声が聞こえた。縁側から入っていくと、御隠居は布団から起き上がるところだった。

「具合、良くないんですか？」

「いや、大したことはない。なにもする気が起きなくてな。それだけだ」

どこも悪いところはないようだ。ただ気力が湧かないということか。

「御隠居さん、喜んでください。お金が戻ってきましたよ。全部じゃないんですけど、二十五両あります」

お遥は袱紗に包んだ金を畳の上に置いた。

御隠居はわけがわからない、というように目を瞠《みは》った。這《は》うようにしてお遥の前までやって来て、膝を折って座った。頬に赤みが差している。

「お、お遥ちゃんが取り返してくれたのかい」

「私じゃありません。銀次郎さんです」

「銀次郎……」

御隠居の顔が赤いのを通り越して紫色になる。握った手がわなわなと震えている。

こうなることは予想していた。最悪の場合、お遥の話は最後まで聞いてもらえず、追い返されてしまうかもしれない。

「お滋さんと銀次郎さんが江戸に帰って来ているのは知っていますよね。私、会ってきました。銀次郎さんは上方で、とても熱心に修業していたそうですよ」

そもそも銀次郎が上方に行ったのは、腕のいい飾職人《かざりしょくにん》の弟子になるためだった。そこで別人のように真面目になった銀次郎は親方も驚くほど腕をあげ、江戸のお得意を紹介してもらい、本格的に一本立ちしたのだという。

銀次郎は、「お滋が俺のことを信じてくれたから」とはにかむように言葉少なに語った。その言葉に嘘はないようだった。

「以前の銀次郎さんじゃないんですよ。お滋さんのおかげで、まっとうで立派な職人になって帰ってきたんです」

御隠居は険しい顔で、肩で息をしている。

「あたしは許せないんだ。親を捨てた娘なんぞ、もう娘じゃない」

「許してください、って頭を下げても許さないんですか？」

「銀次郎と別れて頭を下げるなら、許してやってもいい」

「別れる？　銀次郎さんは立派な職人になったのに？　赤ん坊も生まれたのに？」

「え？」

御隠居は虚《きょ》を衝《つ》かれたように動きを止めた。

その時、庭へお滋と銀次郎が入ってきた。お滋は赤ん坊を抱いている。

「おとっつぁん、親不孝をしてしまってごめんなさい。この子はお静《しず》です」

お滋が、よく見えるように赤ん坊の顔を向けたが、御隠居はまるで目の焦点が合っていないかのように、視線をさ迷わせている。

「俺は、お滋のおかげで目が覚めました」

銀次郎は濡れ縁の前で地べたに手をついた。

「御隠居さんや播磨屋のみなさんに、どんなひどいことをしてしまったのか、よくわかっているつもりです。これからは心を入れ替えて働きます。お滋には決して悲しい思いはさせません。どうか俺たちのことを許してください」

銀次郎は額《ひたい》を庭土にこすりつけた。

「おとっつぁん、お静を抱いてやってくださいな」

お滋は縁側から上がって、放心している御隠居にお静を抱かせた。御隠居はおずおずとお静の顔をのぞき込んだ。だが、突然現れた赤ん坊をどう考えていいのかわからない、というような表情だ。

「子を授かって、初めて親の気持ちがわかりました」

銀次郎は頭を下げたまま、絞り出すように言った。

「お金を取り戻してくれたそうだね」

御隠居が静かに訊く。

「大宮の向こうまで走りづめで追いかけたそうですよ」

お遥は銀次郎から聞いたとおりに伝えた。大宮までは七里（約二十七キロ）ほどもある。その距離を走り続けたと聞いて、お遥はたまげたのだった。

「そうか……。ありがとう。こっちへ上がってお茶でも飲みなさい」

御隠居が女中を呼んだ。お遥は庭に下りていって銀次郎を立たせ、額や着物の泥を払ってやった。

銀次郎が沓脱石《くつぬぎいし》に足を掛けるのを見届けて、お遥はそっと庭を離れたのだった。


「ほんとに手ぶらでいいのかねえ」

平岡家の東門から、いよいよ入る段になってお種は、何度となく繰り返した事を、また言い始めた。

「いいんですよ。お方様が手ぶらで、っておっしゃったんですから」

「それでもさ、お庭が完成したお祝いなんだろう？　角樽《つのだる》でも持ってきたほうがよかったんじゃないかねえ」

庭園はほぼ完成し草花や樹木は植えられ、鳥小屋も作られた。だが、まだ肝心の鳥は入っていない。目玉の孔雀が到着してから、徐々に他の鳥も買うつもりなのだ。孔雀は長崎の商人に依頼しているらしいが、今のところいつ手に入るかはわかっていない。

今日は庭園に今年植えた桜が咲いたというので、徳造とお早代、お種と豆腐屋の一家、そして播磨屋の一家とともに花見に来たのだ。

東門の番人に挨拶をし、皆でぞろぞろと庭に入る。山茶花《さざんか》の生け垣に誘導され、黄金池の畔《ほとり》に出ると視界がぱっと開けた。水面がキラキラと輝いている。

「きれいだねえ。まるで極楽に来たようだよ」

豆腐屋のおかみさんが夢見心地でつぶやいた。

「なんだよ、極楽に行ったことあるみたいな言い方だね」

お種は笑いながら池の中島《なかじま》に架かる橋を渡っていった。

それに続くと、豆腐屋のおかみさんはお遥の耳元で声をひそめて言った。

「ほんとだったらお遥ちゃんがここに住んでいたんだよね。で、どこかのお大名の息子を婿《むこ》にもらって……。はああ、残念だねえ。お遥ちゃんも悔しいだろう？」

おかみさんは、まるで自分のことのように悔しそうな顔をした。

お遥は思わず吹き出してしまった。

渡った対岸には、桜の幼木が植えられている。そのあたりにはまだ主のいない大きな鳥籠も作られていた。桜の花は聞いていたように八分咲きだが、木が小さい上に、一本に数輪の花しか咲いておらず、花見というには少し寂しい光景だった。

しかし鳥籠の近くにはすでに緋毛氈《ひもうせん》が敷かれており、その鮮やかな赤が花見の気分を盛り上げてくれる。

緋毛氈の上には重箱や朱塗りの酒器が置いてあり、お女中が二人控えていた。お方様の姿はまだ見えない。

「どうぞお座りくださいませ」

「お酒もお召し上がりください」

お女中は口々にそう言って、重箱の蓋《ふた》を開けた。

「でも、あの。お方様は？」

お方様が来ないうちに飲み食いするのは気が引ける。

「構わずに始めているようにとの仰せでした」

堅苦しいのは嫌いだと言っていたので、遠慮なく頂《いただ》くことにした。

豪華な料理がぎっしりと詰まった重箱に、豆腐屋の子供たちが歓声を上げ、徳造とお早代が取り皿に料理を取っている。

御隠居と銀次郎は差しつ差されつしながら酒を飲み始めた。そばで進之介と子供を抱いたお滋が微笑んでいた。

酒が入っていい気分になったお種が立ち上がって、陽気に踊り出した。笑いが起こり、賑やかに手拍子が起こる。

ふと見ると、お方様が少し離れた緋毛氈に座っていた。扇子で口もとを隠し笑っている。後ろにはお佐都と信吾もいて笑っていた。

お遥が挨拶をするために腰を浮かすと、「そのままでよい」というように手を振った。

銀次郎が自慢の喉を披露する。それに合わせてお種がいよいよ滑稽《こっけい》に踊った。

庭園に笑い声が響く。

数年して桜の木が大きく育ち、満開になったらどんなに素晴らしい庭園になるだろう。そこにはたくさんの鳥たちがいて、江戸中の人が見物に来るのだ。

そのようすを胸に思い浮かべた。

『はやく孔雀が来ればいいのに』

お遥は長崎のほうの空を見上げた。

雲一つない青空が広がっている。

まぶしい陽光にお遥は、ふっと頬を緩めた。

孔雀が翼を広げ、大空を飛んでいる幻が、見えた気がした。

本書は文庫書下ろし作品です。

|著者| 和久井清水　北海道生まれ。札幌市在住。第61回江戸川乱歩賞候補。2015年宮畑ミステリー大賞特別賞受賞。内田康夫氏の遺志を継いだ「『孤道』完結プロジェクト」の最優秀賞を受賞し、『孤道 完結編　金色《こんじき》の眠り』で作家デビュー。他の著書に『水際のメメント　きたまち建築事務所のリフォームカルテ』や、本書のシリーズ既刊の時代ミステリー『かなりあ堂迷鳥草子《めいちょうぞうし》』『かなりあ堂迷鳥草子2　盗蜜《とうみつ》』がある。

かなりあ堂迷鳥草子《どうめいちょうぞうし》3　夏塒《なつねぐら》

和久井清水《わくいきよみ》

講談社文庫

定価はカバーに
表示してあります

2024年3月15日第1刷発行

KODANSHA

発行者——森田浩章

発行所——株式会社　講談社

東京都文京区音羽2-12-21　〒112-8001

電話　出版（03）5395-3510

販売（03）5395-5817

業務（03）5395-3615

Printed in Japan

デザイン—菊地信義

本文データ制作—講談社デジタル製作

印刷———株式会社KPSプロダクツ

製本———株式会社国宝社

ISBN978-4-06-534777-5

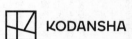

講談社文庫刊行の辞

二十一世紀の到来を目睫に望みながら、われわれはいま、人類史上かつて例を見ない巨大な転換期をむかえようとしている。

世界も、日本も、激動の予兆に対する期待とおののきを内に蔵して、未知の時代に歩み入ろうとしている。このときにあたり、創業の人野間清治の「ナショナル・エデュケイター」への志を現代に甦らせようと意図して、われわれはここに古今の文芸作品はいうまでもなく、ひろく人文・社会・自然の諸科学から東西の名著を網羅する、新しい綜合文庫の発刊を決意した。

激動の転換期はまた断絶の時代である。われわれは戦後二十五年間の出版文化のありかたへの深い反省をこめて、この断絶の時代にあえて人間的な持続を求めようとする。いたずらに浮薄な商業主義のあだ花を追い求めることなく、長期にわたって良書に生命をあたえようとつとめるところにしか、今後の出版文化の真の繁栄はあり得ないと信じるからである。

同時にわれわれはこの綜合文庫の刊行を通じて、人文・社会・自然の諸科学が、結局人間の学にほかならないことを立証しようと願っている。かつて知識とは、「汝自身を知る」ことにつきていた。現代社会の瑣末な情報の氾濫のなかから、力強い知識の源泉を掘り起し、技術文明のただなかに、生きた人間の姿を復活させること。それこそわれわれの切なる希求である。

われわれは権威に盲従せず、俗流に媚びることなく、渾然一体となって日本の「草の根」をかたちづくる若く新しい世代の人々に、心をこめてこの新しい綜合文庫をおくり届けたい。それは知識の泉であるとともに感受性のふるさとであり、もっとも有機的に組織され、社会に開かれた万人のための大学をめざしている。大方の支援と協力を衷心より切望してやまない。

一九七一年七月

野間省一

講談社文庫 最新刊

佐々木裕一　魔《ま》眼《がん》の光　〈公家武者信平《のぶひら》ことはじめ(十五)〉
備後の地に、銃密造の不穏な動きあり。徳川の世存亡の危機に、信平は現地へ赴く。

甘糟りり子　私、産まなくていいですか
産みたくないことに、なぜ理由が必要なの？妊娠と出産をめぐる、書下ろし小説集！

半藤一利　人間であることをやめるな
「昭和史の語り部」が言い残した、歴史の楽しさと教訓。著者の歴史観が凝縮した一冊。

半藤末利子　硝子戸のうちそと
一族のこと、仲間のこと、そして夫・半藤一利氏との別れ。漱石の孫が綴《つづ》ったエッセイ集。

堀川アサコ　殿の幽便配達　〈幻想郵便局短編集〉
あの世とこの世の橋渡し。恋も恨みも友情も、とどかない想いをかならず届けます。

前川　裕　逸脱刑事
こだわり捜査の無紋大介。事件の裏でうごめく人間を明るみに出せるのか？〈文庫書下ろし〉

ごとうしのぶ　卒業
大切な人と、再び会える。ギイとタクミ、そして祠堂《しどう》の仲間たち——。珠玉の五編。

和久井清水　かなりあ堂迷鳥草子《めいちょうぞうし》3　夏塒《なつねぐら》
花鳥庭園を造る夢を持つ飼鳥屋《かいとりや》の看板娘が「鳥」の謎を解く。書下ろし時代ミステリー。

吉本隆明
わたしの本はすぐに終る
吉本隆明詩集
解説＝高橋源一郎　年譜＝高橋忠義
つねに詩を第一と考えてきた著者が一九五〇年代前半から九〇年代まで書き続けてきた作品の集大成。『吉本隆明初期詩集』と併せ読むことで沁みる、表現の真髄。
978-4-06-534882-6
よＢ11

加藤典洋
人類が永遠に続くのではないとしたら
解説＝吉川浩満　年譜＝著者・編集部
かつて無限と信じられた科学技術の発展が有限だろうと疑われる現代で人はいかに生きていくのか。この主題に懸命に向き合い考察しつづけた、著者後期の代表作。
978-4-06-534504-7
かＰ8

講談社文庫　目録

宮城谷昌光　俠　骨　記〈新装版〉
水木しげる　コミック昭和史1〈関東大震災～満州事変〉
水木しげる　コミック昭和史2〈満州事変～日中全面戦争〉
水木しげる　コミック昭和史3〈日中全面戦争～太平洋戦争開始〉
水木しげる　コミック昭和史4〈太平洋戦争前半〉
水木しげる　コミック昭和史5〈太平洋戦争後半〉
水木しげる　コミック昭和史6〈終戦から朝鮮戦争〉
水木しげる　コミック昭和史7〈講和から復興〉
水木しげる　コミック昭和史8〈高度成長以降〉
水木しげる　敗　走　記
水木しげる　白　い　旗
水木しげる　姑《クー》娘《ニャン》
水木しげる　決定版　日本妖怪大全〈妖怪・あの世・神様〉
水木しげる　ほんまにオレはアホやろか
水木しげる　総員玉砕せよ!〈新装完全版〉
宮部みゆき　新装版　震える岩〈霊験お初捕物控〉
宮部みゆき　新装版　天　狗　風〈霊験お初捕物控〉
宮部みゆき　ICO《イコ》—霧の城—(上)(下)
宮部みゆき　ぼんくら(上)(下)
宮部みゆき　新装版　日暮らし(上)(下)
宮部みゆき　おまえさん(上)(下)
宮部みゆき　小暮写眞館(上)(下)
宮部みゆき　ステップファザー・ステップ〈新装版〉
宮子あずさ　看護婦が見つめた人間が死ぬということ
宮本昌孝　家康、死す(上)(下)
三津田信三　忌《い》館《かん》〈ホラー作家の棲む家〉
三津田信三　作者不詳〈ミステリ作家の読む本〉(上)(下)
三津田信三　蛇《じゃ》棺《かん》葬
三津田信三　百《ひゃく》蛇《じゃ》堂《どう》〈怪談作家の語る話〉
三津田信三　厭魅《まじもの》の如き憑くもの
三津田信三　凶鳥《まがとり》の如き忌むもの
三津田信三　首無《くびなし》の如き祟るもの
三津田信三　山魔《やまんま》の如き嗤《わら》うもの
三津田信三　水魑《みづち》の如き沈むもの
三津田信三　密室《ひめむろ》の如き籠《こも》るもの
三津田信三　生霊《いきだま》の如き重《だぶ》るもの
三津田信三　幽女《ゆうじょ》の如き怨むもの
三津田信三　碆霊《はえだま》の如き祀るもの
三津田信三　魔偶《まぐう》の如き齎《もたら》すもの
三津田信三　忌名《いな》の如き贄《にえ》るもの
三津田信三　シェルター　終末の殺人
三津田信三　ついてくるもの
三津田信三　誰　か　の　家
三津田信三　忌《い》物《ぶつ》堂《どう》鬼《き》談《だん》
道尾秀介　カラスの親指〈by rule of CROW's thumb〉
道尾秀介　カエルの小指〈a murder of crows〉
道尾秀介　水　の　柩
深木《みき》章子《あきこ》　鬼　畜　の　家
湊かなえ　リ　バ　ー　ス
宮内悠介　彼女がエスパーだったころ
宮内悠介　偶　然　の　聖　地
宮乃崎桜子《みやのさきさくらこ》　綺羅《きら》の皇女《ひめみこ》(1)
宮乃崎桜子　綺羅の皇女(2)
三國青葉　損料屋見鬼《けんき》控え　1
三國青葉　損料屋見鬼控え　2
三國青葉　損料屋見鬼控え　3
三國青葉　福　猫　屋〈お佐和のねこだすけ〉

講談社文庫　目録

森 博嗣 積み木シンドローム〈The cream of the notes 11〉
森 博嗣 妻のオンパレード〈The cream of the notes 12〉
森 博嗣 カクレカラクリ〈An Automaton in Long Sleep〉
森 博嗣 DOG&DOLL
森 博嗣 森には森の風が吹く〈My wind blows in my forest〉
森 博嗣 アンチ整理術〈Anti-Organizing Life〉
萩尾望都 原作 森 博嗣 トーマの心臓〈Lost heart for Thoma〉
諸田玲子 森家の討ち入り
森 達也 すべての戦争は自衛から始まる
本谷有希子 腑抜けども、悲しみの愛を見せろ
本谷有希子 江利子と絶対〈本谷有希子文学大全集〉
本谷有希子 あの子の考えることは変
本谷有希子 嵐のピクニック
本谷有希子 自分を好きになる方法
本谷有希子 異類婚姻譚
本谷有希子 静かに、ねぇ、静かに
茂木健一郎 「赤毛のアン」に学ぶ幸福《しあわせ》になる方法
森林原人 〈偏差値78のAV男優が考える〉セックス幸福論
桃戸ハル編・著 5分後に意外な結末〈ベスト・セレクション〉
桃戸ハル編・著 5分後に意外な結末〈ベスト・セレクション 黒の巻・白の巻〉
桃戸ハル編・著 5分後に意外な結末〈ベスト・セレクション 心震える赤の巻〉
桃戸ハル編・著 5分後に意外な結末〈ベスト・セレクション 心弾ける橙の巻〉
桃戸ハル編・著 5分後に意外な結末〈ベスト・セレクション 金の巻〉
桃戸ハル編・著 5分後に意外な結末〈ベスト・セレクション 銀の巻〉
森 功 高倉 健〈隠し続けた七つの顔と「謎の養女」〉
森 功 地面師〈他人の土地を売り飛ばす闇の詐欺集団〉
望月麻衣 京都船岡山アストロロジー
望月麻衣 京都船岡山アストロロジー2〈星と創作のアンサンブル〉
望月麻衣 京都船岡山アストロロジー3〈恋のハウスと檸檬色の憂鬱〉
山田風太郎 甲賀忍法帖〈山田風太郎忍法帖①〉
山田風太郎 伊賀忍法帖〈山田風太郎忍法帖③〉
山田風太郎 忍法八犬伝〈山田風太郎忍法帖④〉
山田風太郎 風来忍法帖〈山田風太郎忍法帖⑪〉
山田風太郎 新装版 戦中派不戦日記
山田正紀 大江戸ミッション・インポッシブル〈顔役を消せ〉
山田正紀 大江戸ミッション・インポッシブル〈幽霊船を奪え〉
山田詠美 晩年の子供
山田詠美 A《エイ》2《トゥ》Z《ズィ》
山田詠美 珠玉の短編
柳家小三治 ま・く・ら
柳家小三治 もひとつま・く・ら
柳家小三治 バ・イ・ク
山口雅也 落語魅《ミ》捨《ステ》理《リ》全集〈坊主の愉しみ〉
山本一力 深川黄表紙掛取り帖
山本一力 牡丹酒〈深川黄表紙掛取り帖(二)〉
山本一力 ジョン・マン1 波濤編
山本一力 ジョン・マン2 大洋編
山本一力 ジョン・マン3 望郷編
山本一力 ジョン・マン4 青雲編
山本一力 ジョン・マン5 立志編
椰月美智子 十二歳
椰月美智子 しずかな日々
椰月美智子 ガミガミ女とスーダラ男
椰月美智子 恋愛小説
柳 広司 キング&クイーン
柳 広司 怪談
柳 広司 ナイト&シャドウ

柳　広司　幻影城市
柳　広司　風神雷神(上)(下)
薬丸　岳　闇の底
薬丸　岳　虚　夢
薬丸　岳　刑事のまなざし
薬丸　岳　逃　走
薬丸　岳　ハードラック
薬丸　岳　その鏡は嘘をつく
薬丸　岳　刑事の約束
薬丸　岳　Aではない君と
薬丸　岳　ガーディアン
薬丸　岳　刑事の怒り
薬丸　岳　天使のナイフ〈新装版〉
薬丸　岳　告　解
山崎ナオコーラ　可愛い世の中
矢月秀作　A《ア》C《ク》T《ト》〈警視庁特別潜入捜査班〉
矢月秀作　A《ア》C《ク》T《ト》2　告発者〈警視庁特別潜入捜査班〉
矢月秀作　A《ア》C《ク》T《ト》3　掠奪〈警視庁特別潜入捜査班〉
矢野　隆　我が名は秀秋
矢野　隆　戦《いくさ》始末
矢野　隆　乱〈戦百景〉
矢野　隆　長篠の戦い〈戦百景〉
矢野　隆　桶狭間の戦い〈戦百景〉
矢野　隆　関ヶ原の戦い〈戦百景〉
矢野　隆　川中島の戦い〈戦百景〉
矢野　隆　本能寺の変〈戦百景〉
矢野　隆　山崎の戦い〈戦百景〉
矢野　隆　大坂冬の陣〈戦百景〉
矢野　隆　大坂夏の陣〈戦百景〉
山内マリコ　かわいい結婚
山本周五郎　さ　ぶ〈山本周五郎コレクション〉
山本周五郎　白石城死守〈山本周五郎コレクション〉
山本周五郎　完全版日本婦道記(上)(下)〈山本周五郎コレクション〉
山本周五郎　戦国武士道物語　死《し》處《しょ》〈山本周五郎コレクション〉
山本周五郎　戦国物語　信長と家康〈山本周五郎コレクション〉
山本周五郎　幕末物語　失　蝶　記〈山本周五郎コレクション〉
山本周五郎　逃亡記　時代ミステリ傑作選〈山本周五郎コレクション〉
山本周五郎　家族物語　おもかげ抄〈山本周五郎コレクション〉
山本周五郎　繁《しげ》　あ　ね〈美しい女たちの物語〉
山本周五郎　雨　あ　が　る〈映画化作品集〉
柳田理科雄　スター・ウォーズ 空想科学読本
柳田理科雄　MARVEL マーベル空想科学読本
靖子靖史　空《くう》色《しき》カンバス〈瑞《ずい》空寺《くうじ》凸凹《でこぼこ》縁起《えんぎ》〉
安本由佳／山本理沙　不機嫌な婚活
山中伸弥／平尾誠二・惠子　友　情〈平尾誠二と山中伸弥「最後の約束」〉
山手樹一郎　夢介千両みやげ(上)(下)〈完全版〉
山口仲美　すらすら読める枕草子
夢枕　獏　大江戸釣客伝(上)(下)
夢枕　獏　大《おお》江《え》戸《ど》火《か》龍《りゅう》改《あらため》
唯川恵　雨　心　中
行成　薫　ヒーローの選択
行成　薫　バイバイ・バディ
行成　薫　スパイの妻
行成　薫　さよなら日和
柚月裕子　合理的にあり得ない〈上《かみ》水《つ》流《る》涼《りょう》子《こ》の解明〉
夕木春央　絞《こう》首《しゅ》商《しょう》會《かい》
夕木春央　サーカスから来た執達吏

講談社文庫　目録

吉村　昭　私の好きな悪い癖
吉村　昭　吉村昭の平家物語
吉村　昭　暁の旅人
吉村　昭　新装版　白い航跡(上)(下)
吉村　昭　新装版　海も暮れきる
吉村　昭　新装版　間宮林蔵
吉村　昭　新装版　赤い人
吉村　昭　新装版　落日の宴(上)(下)
吉村　昭　白い遠景
横尾忠則　言葉を離れる
与那原　恵　わたぶんぶん〈わたしの「料理沖縄物語」〉
米原万里　ロシアは今日も荒れ模様
横山秀夫　半落ち
横山秀夫　出口のない海
吉田修一　日曜日たち
吉本隆明　真贋
吉本隆明　フランシス子へ
横関　大　再会
横関　大　グッバイ・ヒーロー

横関　大　チェインギャングは忘れない
横関　大　沈黙のエール
横関　大　ルパンの娘
横関　大　ルパンの帰還
横関　大　ホームズの娘
横関　大　ルパンの星
横関　大　スマイルメイカー
横関　大　K2〈池袋署刑事課　神崎・黒木〉
横関　大　帰ってきたK2〈池袋署刑事課　神崎・黒木〉
横関　大　炎上チャンピオン
横関　大　ピエロがいる街
横関　大　仮面の君に告ぐ
横関　大　誘拐屋のエチケット
横関　大　ゴースト・ポリス・ストーリー
吉川永青　裏関ヶ原
吉川永青　化け札
吉川永青　治部の礎《いしずえ》
吉川永青　老侍
吉川永青　雷雲の龍〈会津に吼える〉

吉村龍一　光る牙
吉川トリコ　ぶらりぶらこの恋
吉川トリコ　ミドリのミ
吉川英梨　波動〈新東京水上警察〉
吉川英梨　烈渦〈新東京水上警察〉
吉川英梨　朽《く》海《かい》の城〈新東京水上警察〉
吉川英梨　海底の道化師〈新東京水上警察〉
吉川英梨　月《げっ》下《か》蝋《ろう》人《じん》〈新東京水上警察〉
吉川英梨　海《かい》蝶《ちょう》〈海を護るミューズ〉
吉森大祐　幕末ダウンタウン
横山光輝／山岡荘八・原作　漫画版　徳川家康1
横山光輝／山岡荘八・原作　漫画版　徳川家康2
横山光輝／山岡荘八・原作　漫画版　徳川家康3
横山光輝／山岡荘八・原作　漫画版　徳川家康4
横山光輝／山岡荘八・原作　漫画版　徳川家康5
横山光輝／山岡荘八・原作　漫画版　徳川家康6
横山光輝／山岡荘八・原作　漫画版　徳川家康7
横山光輝／山岡荘八・原作　漫画版　徳川家康8
よむーくよむーくの読書ノート

2023年12月15日現在